# 白鹿潭

鄭芝溶 著

# 白鹿潭

鄭芝溶

# 目次

# I

I



II



III

# I

# 長壽山 1

伐木丁丁 이랬거니 아람도리 큰솔이 베혀짐즉도 하이 골이 울어 멩아리 소리 쩌르렁 돌아옴즉도 하이 다람쥐도 좃지 않고 뫼ㅅ새도 울지 않어 깊은산 고요가 차라리 뼈를 저리우는데 눈과 밤이 조히보담 희고녀! 달도 보름을 기달려 흰 뜻은 한밤 이골을 걸음이란다? 웃절 중이 여섯판에 여섯번 지고 웃고 올라 간뒤 조찰히 늙은 사나히의 남긴 내음새를 줏는다? 시름은 바람도 일지 않는 고요에 심히 흔들리우노니 오오 견디란다 차고 兀然히 슬픔도 꿈도 없이 長壽山속 겨울 한밤내―

# 長壽山 2

풀도 떨지 않는 돌산이오 돌도 한덩이로 열두골을 고비
고비 돌았세라 찬 하눌이 골마다 따로 씨우었고 어름이
굳어 드딤돌이 믿음즉 하이 꿩이 긔고 곰이 밟은
자옥에 나의 발도 노히노니 물소리 귀또리처럼 喞喞하
놋다 피락 마락하는 해ㅅ살에 눈우에 눈이 가리어 앉다
흰시울 알에 흰시울이 눌리워 숨쉬는다 온산중 나려앉는
휙진 시울들이 다치지 안히! 나도 내더져 앉다 일즉
이 진달레 꽃그림자에 붉었던 絶壁 보이한 자리 우에!

# 白鹿潭

## 1

絕頂에 가까울수록 뻑국채 꽃키가 점점 消耗된다。한마루 오르면 허리가 슬어지고 다시 한마루 우에서 목아지가 없고 나종에는 얼골만 갸옷 내다본다。花紋처럼 版박힌다。바람이 차기가 咸鏡道끝과 맞서는 데서 뻑국채 키는 아조 없어지고도 八月한철엔 흩어진 星辰처럼 爛漫하다。山그림자 어둑어둑하면 그러지 않어도 뻑국채 꽃발에서 별들이 켜든다。제자리에서 별이 옮긴다。나는 여기서 기진했다。

2

巖古蘭、丸藥 같이 어여쁜 열매로 목을 축이고 살어 일어섰다。

3

白樺 옆에서 白樺가 髑髏가 되기까지 산다。내가 죽어 白樺처럼 흴것이 숭없지 않다。

4

鬼神도 쓸쓸하여 살지 않는 한모롱이、도체비꽃이 낮에도 혼자 무서워 파랗게 질린다。

5

바야흐로 海拔六千呎우에서 마소가 사람을 대수롭게 아니녀기고 산다。말이 말끼리 소가 소끼리、망아지가 어미소를 송아지가 어미말을 따르다가 이내 헤여진다。

6

첫새끼를 낳노라고 암소가 몹시 혼이 났다。 얼결에 山길 百里를 돌아 西歸浦로 달어났다。 물도 마르기 전에 어미를 여힌 송아지는 움매ㅣ 움매ㅣ 울었다。 말을 보고도 登山客을 보고도 마고 매여달렸다。 우리 새끼들도 毛色이 다른 어미한틔 맡길것을 나는 울었다。

7

風蘭이 풍기는 香氣、 꾀꼬리 서로 부르는 소리、 濟州회파람새 회파람부는 소리、 돌에 물이 따로 굴으는 소리、 먼 데서 바다가 구길때 솨ㅣ 솨ㅣ 솔소리、 물푸레 동백 떡갈나무속에서 나는 길을 잘못 들었다가 다시 측넌출 긔여간 흰돌바기 고부랑길로 나섰다。 문득 마조친 아롱점말이 避하지 않는다。

8

고비 고사리 더덕순 도라지꽃 취 삭갓나물 대풀 石茸 별과 같은 방울을 달은 高山植物을 색이며 醉하며 자며 한다. 白鹿潭 조찰한 물을 그리여 山脈우에서 짓는 行列이 구름보다 壯嚴하다. 소나기 놋낫 맞으며 무지개에 말리우며 궁둥이에 꽃물 익여 붙인채로 살이 붓는다.

9

가재도 긔지 않는 白鹿潭 푸른 물에 하눌이 돈다. 不具에 가깝도록 고단한 나의 다리를 돌아 소가 갔다. 좇겨온 실구름 一抹에도 白鹿潭은 흐리운다. 나의 얼골에 한나잘 포긴 白鹿潭은 쓸쓸하다. 나는 깨다 졸다 祈禱조차 잊었더니라.

# 毘盧峯

담장이
물 들고、

다람쥐 꼬리
숯이 짙다。

山脈우의
가을ㅅ길——

이마바르히
해도 향그롭어

지팡이
자진 마짐
흰들이
우놋다。

白樺 홀홀
허울 벗고、

꽃 옆에 자고
이는 구름、

바람에
아시우다。

# 九城洞

골작에는 흔히
流星이 묻힌다。

黃昏에
누뤼가 소란히 싸히기도 하고、

꽃도
귀향 사는곳、

절터ㅅ드랬는데
바람도 모히지 않고

山그림자 설핏하면
사슴이 일어나 등을 넘어간다。

# 玉流洞

골에 하늘이
따로 트이고、

瀑布 소리 하잔히
봄우뢰를 울다。

날가지 겹겹히
모란꽃닢 포기이는듯。

자위 돌아 사폿 질ㅅ듯
위태로히 솟은 봉오리들。

골이 속 속 접히어 들어
이내(晴嵐)가 새포롬 서그러거리는 숫도림。

꽃가루 묻힌양 날러올라
나래 떠는 해。

보라빛 해ㅅ살이
幅지어 빗겨 걸치이매、

기슭에 藥草들의
소란한 呼吸!

들새도 날리들지 않고
神秘가 한끗 저자 선 한낮。

물도 젖여지지 않어
흰돌 우에 따로 구르고、

닥어 스미는 향기에
길초마다 옷깃이 매워라。

귀뚜리도
흠식 한양
움짓
아니 근다.

# 朝餐

해ㅅ살 피여
이윽한 후、

머흘 머흘
골을 옮기는 구름。

桔梗 꽃봉오리
흔들려 씻기우고。

차돌부리
촉 촉 竹筍 돋듯。

물 소리애
이가 시리다。

앉음새 갈히여
양지 쪽에 쪼그리고、

서러운 새 되어
흰 밥알을 쫏다。

# 비

돌에
그늘이 차고、

따로 몰리는
소소리 바람。

앒 섰거니 하야
꼬리 치날리여 세우고、

죵죵 다리 깟칠한

山새 걸음거리。

여울 지여
수척한 흰 물살,

갈갈히
손가락 펴고。

멎은듯
새삼 돋는 비ㅅ낯

붉은 닢 닢
소란히 밟고 간다。

# 忍冬茶

老主人의 腸壁에
無時로 忍冬 삼긴물이 나린다。

자작나무 뎅그럭 불이
도로 피여 붉고、

구석에 그늘 지여
무가 순돋아 파릇 하고,

흙냄새 훈훈히 김도 사리다가
바깥 風雪소리에 잠착 하다。

山中에 冊曆도 없이
三冬이 하이얗다。

# 붉은 손

엇깨가 둥굴고
머리ㅅ단이 칠칠히、
山에서 자라거니
이마가 알빛 같이 희다。

검은 버선에 흰 볼을 받아 신고
山과일 처럼 얼어 붉은 손、

길 눈을 헤쳐
돌 틈에 트인 물을 따내다。

한줄기 푸른 연기 올라
집웅도 해ㅅ살에 붉어 다사롭고,
처녀는 눈 속에서 다시
碧梧桐 중허리 파릇한 냄새가 난다。

수집어 돌아 앉고, 철아닌 나그내 되어,
서려오르는 김에 낯을 비추우며
돌 틈에 이상하기 하늘 같은 샘물을 기웃거리다。

# 꽃과 벗

石壁 깎아지른
안돌이 지돌이、
한나잘 긔고 돌았기
이제 다시 아슬아슬 하고나。

일곱 거름 안에
벗은、呼吸이 모자라
바위 잡고 쉬며 쉬며 오를제、
山꽃을 따、

나의 머리며 옷깃을 꾸미기에、
오히려 바빴다。

나는 蕃人처럼 붉은 꽃을 쓰고、
弱하야 다시 威嚴스런 벗을
山길에 따르기 한결 즐거웠다。

새소리 끊인 곳、
흰돌 이마에 회돌아 서는 다람쥐 꼬리로
가을이 짙음을 보았고、

가까운듯 瀑布가 하잔히 울고、

멩아리 소리 속에
돌아져 오는
벗의 불음이 더욱 좋았다。

삽시 掩襲해 오는
비ㅅ낮을 피하야、
김승이 버리고 간 石窟을 찾어들어、
우리는 떨며 주림을 의논하였다。

白樺 가지 건너
짙푸르러 찡그린 먼 물이 오르자、
ㅍ아리 같이 붉은 해가 잠기고、

이제 별과 꽃 사이
길이 끊어진 곳에
불을 피고 누었다。

駱駝털 케트에
구기인채
벗은 이내 나븨 같이 잠들고、

높이 구름우에 올라、
나룻이 잡힌 벗이 도로혀
안해 같이 여쁘기에、
눈 뜨고 지키기 싫지 않었다。

# 瀑布

산ㅅ골에서 자란 물도
돌베람빡 낭떨어지에서 겁이 났다。

눈ㅅ뎅이 옆에서 졸다가
꽃나무 알로 우정 돌아

가재가 기는 골작
죄그만 하늘이 갑갑했다。

갑자기 호숩어질라니
마음 조일 밖에。

휜 발톱 갈갈이
앙징스레도 할퀸다。

어쨌던 너무 재재거린다。
나려질리자 쫄삣 물도 단번에 감수했다。

심심 산천에 고사리ㅅ밥
모조리 졸리운 날

송화ㅅ가루
노랗게 날리네。

山水 따러온 新婚 한쌍
앵두 같이 상긔했다。

돌뿌리 뾰죽 뾰죽 무척 고브라진 길이
아기 자기 좋아라 왔지!

하인리히 하이네ㅅ적부터
동그란 오오 나의 太陽도

겨우 끼리끼리의 발굼치를
조롱 조롱 한나잘 따러왔다。

산간에 폭포수는 암만해도 무서워서
긔염 긔염 긔며 나린다。

# 溫井

그대 함끠 한나잘 벗어나온 그머흔 골작이 이제 바람이 차
지하는다 앞낡의 곱은 가지에 걸리어 파람 부는가 하니
창을 바로치놋다 밤 이윽자 화로ㅅ불 아쉽어 지고 촉불도
치위타는양 눈섭 아사디느니 나의 눈동자 한밤에 푸르러 누은
나를 지키는다 푼푼한 그대 말씨 나를 이내 잠들이고 옮기셨
는다 조찰한 벼개로 그대 예시니 내사 나의 슬기와 외롬
을 새로 고를 밖에! 땅을 쪼기고 솟아 고히는 태고로 한양 더
운물 어둠속에 홀로 지적거리고 성긴 눈이 별도 없는 거
터에 날리어라。

# 삽 사 리

그날밤 그대의 밤을 지키든 삽사리 괴임즉도 하이 짙은 울 가
시사립 굳이 닫히었거니 덧문이오 미닫이오 안의 또 촉불 고
요히 돌아 환히 새우었거니 눈이 치로 싸힌 고삿길 인기척도
아니하였거니 무엇에 후젓허든 맘 못뇌히길래 그리 짖었드라니
어름알로 잔돌사이 뚫로라 죄죄대든 개올 물소리 긔여 들세라
큰봉을 돌아 둥그레 둥긋이 넘쳐오든 이윽달도 선뜻 나려 설세라
이저리 서대든것이러냐 삽사리 그리 굴음즉도 하이 내사 그
대른 새레 그대것엔들 다흘법도 하리 삽사리 짖다 이내 허울
한 나룻 도사리고 그대 벗으신 곻은 신이마 위하며 자드니라。

# 나븨

시기지 않은 일이 서둘러 하고싶기에 煖爐에 싱싱한 물푸레
갈어 지피고 燈皮 호 호 닦어 끼우어 심지 튀기니 불꽃
이 새록 돋다 미리 떼고 걸고보니 칼렌다 어튿날 날자가 미
리 붉다 이제 차즘 밟고 넘을 다람쥐 등솔기 같이 구브레 벋
어나갈 連峯 山脈길 우에 아슬한 가을 하늘이여 秒針 소리 유
달리 뚝닥 거리는 落葉 벗은 山莊 밤 窓유리까지에 구름이

드뉘니 후 두 두 두 落水 짓는 소리 크기 손바닥만한 어인
나븨가 따악 붙어 드려다 본다 가엽서라 열리지 않는 窓
주먹쥐어 징징 치니 날을 氣息도 없이 네 壁이 도토혀 날개와 떤다
海拔 五千呎 우에 떠도는 한조각 비맞은 幻想 呼吸하노라 서
툴리 붙어있는 이 自在畵 한幅은 활 활 불피여 담기여 있는 이상
스런 季節이 몹시 부러웁다 날개가 찢여진채 검은 눈을 잔
나비처럼 뜨지나 않을가 무섭어라 구름이 다시 유리에 바위처럼
부서지며 별도 휩쓸려 나려가 山아래 어닌 마을 우에 총총 하뇨
白樺숲 회부옇게 어정거리는 絶頂 부유스름하기 黃昏같은 밤。

# 진달래

한골에서 비를 보고 한골에서 바람을 보다 한골에 그늘
딴골에 양지 따로 따로 갈어 밟다 무지개 해ㅅ살에 빗걸린
골 山벌떼 두름박 지어 위잉 위잉 두르는 골 雜木수
풀 누릇 붉읏 어우러진 속에 감초혀 낮잠 듭신 칡범 냄새 가장
자리를 돌아 어마 어마 기여 살어 나온 골 上峯에 올라

별보다 깨끗한 돌을 드니 白樺가지 우에 하도 푸른 하눌……포르르 풀매……… 온산중 紅葉이 수런 수런 거린다 아래ㅅ절 불켜지 않은 장방에 들어 목침을 달쿠어 발바닥 꼬아리를 슴슴 지지며 그제사 범의 욕을 그놈 저놈 하고 이내 누었다. 바로 머리 말에 물소리 흘리며 어늬 한곬으로 빠져 나가다가 난데 없는 철아닌 진달레 꽃사태를 만나 나는 萬身을 붉히고 서다。

# 호랑나븨

畵具를 메고 山을 疊疊 들어간 후 이내 踪跡이 杳然하다
丹楓이 이울고 峯마다 찡그리고 눈이 날고 嶺우에 賣店은 덧
문 속문이 닫히고 三冬내ㅣ 열리지 않었다 해를 넘어 봄
이 짙도록 눈이 처마와 키가 같었다 大幅 캔바스 우에는
木花송이 같은 한떨기 지난해 흰 구름이 새로 미끄러지고 瀑

和소리 차츰 불고 푸른 하늘 되돌아서 오건만 구두와 안ㅅ신
이 나란히 노힌채 戀愛가 비린내를 풍기기 시작했다 그날밤 집
집 들창마다 夕刊에 비린내가 끼치였다 博多 胎生 수수한 寡
婦 흰얼골 이사 淮陽 高城사람들 끼리에도 익었건만 賣店
바깥 主人 된 畵家는 이름조차 없고 松花가루 노랗고 뻑 뻑
국 고비 고사리 고부라지고 호랑나븨 쌍을 지여 훨 훨 靑山
을 넘고。

# 禮裝

모오닝코오트에 禮裝을 가추고 大萬物相에 들어간 한 壯年紳士가 있었다 舊萬物 우에서 알로 나려뛰었다 웃저고리는 나려 가다가 중간 솔가지에 걸리여 벗겨진채 와이샤쓰 바람에 넼타이가 다칠세라 납족이 업드렸다 한겨울 내ㅣ 흰손바닥 같은 눈이 나려와 덮어 주곤 주곤 하였다 壯年이 생각하기를 「숨도아이에 쉬지 않어야 춥지 않으리라」고 주검다운 儀式을 가추어 三冬내ㅣ 俯伏하였다 눈도 희기가 겹겹히 禮裝 같이 봄이 짙어서 사라지다。

# II

# 船醉

海峽이 일어서기도만 하니깐
배가 한사코 긔여오르다 미끄러지곤 한다。

괴롬이란 참지 않어도 겪어지는것이
주검이란 죽을수 있는것 같이。

腦髓가 튀어나올라고 지긋지긋 견딘다。
꼬꼬댁 소리도 할수 없이

얼빠진 장닭처럼 건들거리며 나가니
甲板은 거북등처럼 흖고나가는데 海峽이 업히라고만 한다。

젊은 船員이 숫제 하ㅣ모니카를 불고 섰다。
바다의 森林에서 颱風이나 만나야 感傷할수 있다는듯이

암만 가려 드딘대도 海峽은 자ㅍ 꺼져들어간다。
水平線이 없어진 날 斷末魔의 新婚旅行이여!

오즉 한낱 義務를 찾어내어 그의 船室로 옮기다。
祈禱도 허락되지 않는 煉獄에서 尋訪하라고

階段을 나리랴니깐
階段이 올라온다。

또어를 부둥켜 안고 記憶할수 없다。
하눌이 쥐여 들어 나의 心臟을 짜노라고

令孃은 孤獨도 아닌 슬픔도 아닌
올빼미 같은 눈을 하고 체모에 거고있다。

愛憐을 베플가 하면
즉시 嘔吐가 재촉된다。

連絡船에는 일체로 看護가 없다。
징을 치고 뚜우 뚜우 부는 외에

우리들의 짐짝 트렁크에 이마를 대고
여덟시간 내ㅣ 懇求하고 또 울었다。

# 流線哀傷

생김생김이 피아노보담 낫다。
얼마나 뛰어난 燕尾服맵시냐。

산뜻한 이紳士를 아스팔트우로 꼰돌라인듯
몰고들 다니길래 하도 딱하길래 하로 청해왔다。

손에 맞는 품이 길이 아조 들었다。
열고보니 허술히도 半音키—가 하나 남었더라。

줄창 練習을 시켜도 이건 철로판에서 밴 소리로구나。
舞臺로 내보낼 생각을 아예 아니했다。

애초 달랑거리는 버릇 때문에 굿인날 막잡어부렸다。
함초롬 젖여 새초롬하기는새레 회회 떨어 다듬고 나선다。

대체 슬퍼하는 때는 언제길래
아장아징 팩팩거리기가 위주냐。

허리가 모조리 가느래지도록 슬픈 行列에 끼여
아조 천연스레 굴든게 옆으로 솔처나자——

春川三百里 벼루ㅅ길을 넵다 뽑는데
그런 喪章을 두른 表情은 그만하겠다고 꽥— 꽥—

몇킬로 휘달리고나서 거북 처럼 興奮한다。
징징거리는 神經방석우에 소스듬 이대로 견딜 밖에。

쌍쌍이 날려오는 風景들을 빰으로 헤치며
내처 살폿 엉긴 꿈을 깨여 진저리를 쳤다。

어늬 花園으로 꾀여내어 바눌로 찔렸더니만
그만 蝴蝶 같이 죽드라。

# 春雪

문 열자 선뜻!
먼 산이 이마에 차라。

雨水節 들어
바로 초하로 아츰、

새삼스레 눈이 덮힌 뫼뿌리와
서늘옵고 빛난 이마받이 하다。

어름 금가고 바람 새로 따르거니
흰 옷고롬 절로 향그롭어라。

웅숭거리고 살어난 양이
아아 꿈 같기에 설어라。

미나리 파릇한 새순 돋고
옴짓 아니기던 고기입이 오믈거리는、

꽃 피기전 철아닌 눈에
핫옷 벗고 도로 칩고 싶어라。

# 小 曲

물새도 잠들어 깃을 사리는
이아닌 밤에、
明水臺 바위틈 진달래 꽃
어찌면 타는듯 붉으뇨。

오는 물、기는 물、
내쳐 보내고、헤여질 물

바람이사 애초 못믿을손、
입마추곤 이내 옮겨가네。

해마다 제철이면
한등걸에 핀다기소니,

들새도 날러와
애닯다 눈물짓는 아츰엔,

이울어 하롱 하롱 지는 꽃닢,
설지 않으랴, 푸른물에 실려가기,

아깝고야, 아거 자거
한창인 이 봄ㅅ밤을,

초ㅅ불 켜들고 밝히소。
아니 붉고 어쩌료。

# 파라솔

蓮닢에서 연닢내가 나듯이
그는 蓮닢 냄새가 난다。

海峽을 넘어 옮겨다 심어도
푸르리라、海峽이 푸르듯이。

불시로 상긔되는 뺨이
성이 가시다、꽃이 스사로 괴롭듯。

눈물을 오래 어리우지 않는다。
輪轉機 앞에서 天使처럼 바쁘다。

붉은 薔薇 한가지 골르기를 평생 삼가리,
대개 흰 나리꽃으로 선사한다。

월래 벅찬 湖水에 날러들었던것이라
어차피 헤기는 헤여 나간다。

學藝會 마지막 舞臺에서
自暴스런 白鳥인양 흥청거렸다。

부끄럽기도하나 잘 먹는다
끔직한 비ー프스테이크 같은것도!

오ᅗᅵ스의 疲勞에
태엽 처럼 풀려왔다。

람프에 갓을 씨우자
또어를 안으로 잠겼다。

祈禱와 睡眠의 內容을 알 길이 없다。
咆哮하는 검은밤、그는 鳥卵처럼 희다。

구기여지는것 젖는것이
아조 싫다。

파라솔 같이 채곡 접히기만 하는것은
언제든지 파라솔 같이 펴기 위하야——

# 별

窓을 열고 눕다。
窓을 열어야 하늘이 들어오기에。

벗었던 眼鏡을 다시 쓰다。
日蝕이 개이고난 날 밤 별이 더욱 푸르다。

별을 잔치하는 밤
흰옷과 흰자리로 단속하다。

세상에 안해와 사랑이란
별에서 치면 지저분한 보금자리。

돌아 누어 별에서 별까지
海圖 없이 航海하다。

별도 포기 포기 솟았기에
그중 하나는 더 휙지고

하나는 갖 낳은 양
여릿 여릿 빛나고

하나는 發熱하야
붉고 떨고

바람엔 별도 쓸려다
회회 돌아 살어나는 燭불!

찬물에 씻기여
砂金을 흘리는 銀河!

마스트 알로 섬들이 항시 달려 왔었고
별들은 우리 눈섭기슭에 아스름 港口가 그립다。

大熊星座가
기웃이 도는데！

淸麗한 하늘의 悲劇에
우리는 숨소리까지 삼가다。

理由는 저세상에 있을지도 몰라
우리는 제마다 눈감기 싫은 밤이 있다。

잠재기 노래 없이도
잠이 들다。

# 슬픈 偶像

이밤에 安息하시옵니까。

내가 홀로 속에ㅅ소리로 그대의 起居를 問議할삼어도 어찌 홀한 말로 붙일법도 한 일이오니까。

무슨 말슴으로나 좀더 높일만한 좀더 그대께 마땅한 言辭가 없사오리까。

눈감고 자는 비닭이보담도、꽃그림자 옮기는 겨를에 여미며 자는 꽃봉오리 보담도、어여삐 자시올 그대여!

그대의 눈을 들어 푸리 하오리까。
속속드리 맑고 푸른 湖水가 한쌍。
밤은 함폭 그대의 湖水에 깃드리기 위하야 있는 것이오리까。
내가 감히 金星노릇하야 그대의 湖水에 잠길법도 한 일이오리까。

단정히 여미신 입시울、오오、나의 禮가 혹시 흩으러질가하야 다시 가다듬고 푸리 하겠나이다。

여러가지 연유가 있사오나 마침내 그대를 암표범 처럼 두리고 殿威롭게 우러르는 까닭은 거기 있나이다。

아직 남의 자최가 놓이지 못한、아직도 오를 聖峯이 남어있으랑이

면、오직 하나일 그대의 눈(雪)에 더 희신 코、그러기에 분향하시게
도 季節이 爛熳할지라도 항시 高山植物의 향기외에 맡으시지 아니
하시옵니다。

敬虔히도 조심조심히 그대의 이마를 우러르고 다시 뺨을 지나 그
대의 黑檀빛 머리에 겨우겨우 숨으신 그대의 귀에 이르겠나이다。

希臘에도 이오니아 바닷가에서 본적도한 조개껍질、항시 듣기 쉬
운 姿勢이었으나 무엇을 들음인지 알리 없는것이었나이다。

기름 같이 잠잠한 바다、아조 푸른 하늘、갈메기가 앉어도 알수 없이
흰 모래、거기 아모것도 들릴것을 찾지 못한 적에 조개껍질은 한

갈로 듣는 귀를 잠착히 열고 있기에 나는 그때부터 아조 의로운
나그내인것을 깨달었나이다。

마침내 이 세계는 비인 껍질에 지나지 아니한것이、하늘이 쓰
이우고 바다가 돌고 하기로소니 그것은 결국 딴 세계의 껍질에 지
나지 아니하였읍니다。

조개껍질이 잠착히 듣는것이 실로 다른 세계의것이었음에 틀림
없었거니와 내가 어찌 서럽게 돌아서지 아니할수 있었겠읍니까。
바람소리도 아모 뜻을 이루지 못하고 그저 겨우 어둔한 소리로
떠돌아다닐뿐이었읍니다。

그대의 귀에 가까히 내가 彷徨할때 나는 그저 외로히 사라질 나그내에 지나지 아니하옵니다。

그대의 귀는 이 밤에도 다만 듣기 위한 몃시로단 열리어 계시기에!

이 소란한 세상에서도 그대의 귀기슭을 둘러 다만 주검같이 고요한 이오니아바다를 보았음이로소이다。

이제 다시 그대의 깊고 깊으신 안으로 敢히 들겠나이다。

심수한 바다 속속에 온갖 神秘로운 珊瑚를 간직하듯이 그대의 안에 가지가지 귀하고 보배로운것이 가초아 계십니다。

먼저 놀라올 일은 어찌면 그렇게 속속드리 좋은것을 진히고 계신것이옵니까。

心臟、얼마나 珍奇한것이옵니까。

名匠 希臘의 손으로 誕生한 不世出의 傑作인 뮤ー즈로도 이 心臟을 차지 못하고 나온 탓으로 마침내 美術館에서 숱은 歲月을 보내고 마는것이겠는데 어찌면 이러한것을 가지신것이옵니까。

生命의 聖火를 끊임없이 나르는 白金보다도 값진 도가니인가 하오면 하늘과 따의 悠久한 傳統인 사랑을 모시는 聖殿인가 하옵니다。

빛이 항시 濃艶하게 붉으신것이 그러한 證左로소이다。

그러나 간혹 그대가 세상에 향하사 窓을 열으실때 心臟은 羞恥를 느끼시기 가장 쉬웁기에 영영 안에 숨어버리신것이로소이다。

그외에 肺는 얼마나 華麗하고 新鮮한것이오며 肝과 膽은 얼마나
妖艶하고 深刻하신것이옵니까。

그러나 이들을 지나치게 빛갈로 의논할수 없는 일이옵니다。

그외에 그윽한 골안에 흐르는 시내요 神秘한 강으로 푸리할것도
있으시오나 대강 涉獵하야 지나옵고、

해가 솟는듯 달이 뜨는듯 옥토끼가 조는듯 뛰는듯 美妙한 伸縮
과 彎曲을 갖은 적은 언덕으로 비유할것도 둘이 있으십니다。

이러 이러하게 그대를 푸리하는 동안에 나는 迷宮에 든 낯선 나

그내와 같이 그만 길을 잃고 헤매겠나이다。

그러나 그대는 이미 모히시고 옴치시고 마련되시고 配置와 均衡이 完全하신 한 덩이로 계시어 象牙와 같은 손을 여미시고 발을 高貴하게 포기시고 계시지 않읍니까。

그리고 智慧와 祈禱와 呼吸으로 純粹하게 統一하셨나이다。

그러나 完美하신 그대를 푸러하올때 그대의 位置와 周圍를 또한 反省치 아니할수 없나이다。

거듭 말슴이 번거러우나 월래 이세상은 비인 껍질 같이 허탄하은대 그중에도 어찌하사 孤獨의 城舍를 差定하여 계신것이옵니까。

그리고도 다시 明澈한 悲哀로 방석을 삼어 누어 계신것이옵니까。

이것이 나로는 매우 슬픈 일이기에 한밤에 짓지도 못하올 暗澹한 삽살개와 같이 蒼白한 찬 달과 함께 그대의 孤獨한 城舍를 돌고 돌아 守直하고 嘆息하나이다。

不吉한 豫感에 떨고 있노니 그대의 사랑과 孤獨과 精進으로 因하야 그대는 그대의 온갖 美와 德과 華麗한 四肢에서、오오、그대의 典雅 燦爛한 塊體에서 脫却하시여 따로 따기실 아츰이 미지않어 올가 하옵니다。

그날아츰에도 그대의 귀는 이오니아바다ㅅ가의 흰 조개껍질 같이 역시 듣는 맵시도만 열고 계시겠읍니까。

흰 나리꽃으로 마지막 裝飾을 하여드리고 나도 이 이오니아바다ㅅ가를 떠나겠읍니다。

# 耳目口鼻

사나운 김승일수록 코로 맡는 힘이 날카로워 우리가 아모런 냄새도 찾어내지 못할적에도 쉐퍼ㅣ드란 놈은 별안간 씩씩거리며 제꼬리를 제가 물고 뺑뺑이를 치다시피하며 땅을 호비어 파며 짖으며 달리며 하는 꼴을 보면 워낙 길들은 김승일지라도 지겹고 무서운 생각이 든다。 이상스럽게는 눈에 보히지아니하는 도적을 맡어내는것이다。 서령 도적이기도서니 도적놈 냄새가 따로 있을게야 있느냐말이다。 딴 골목에서 제홀로 꼬리를 치는 암놈의 냄새를 만나도 보기전에 맡아내며 설레고 낑낑거린다면 그것은 혹시 몰라 그럴사한 일이니 견주어 말하기에 禮답지 못하나마 사람끼리에도 그만한 嗅覺은 說明

할수 있지아니한가。 도적이나 범죄자의 냄새란 대체 어떠한것일가。 사람이 죄로 인하야 육신이 영향을 입는다는것은 체온이나 혈압이나 혹은 신경작용이나 심리현상으로 세밀한 의논을 할수있을것이나 직접 농후한 악취를 발한대서야 견딜수 있는일이냐말이다。 예전 성인의 말슴에 죄악을 범한자의 영혼은 문둥병자의 육체와 같이 부패하여 있다 하였으니 만일 영혼을 직접 냄새도 맡을수만 있다면 그야말로 견듸여내지 못할 별별 악취가 다 있을것이니 이쯤 이야기하여 오는 동안에도 어쩐지 몸이 군시럽고 징그러워진다。 다행히 嗅覺이란 그렇게 예민한것으로 되지않었기에 서로 연애나 약혼도 할수있고 禮를 가추어 현구고도 할수도 있고 자진하여 손님노릇하러가서 융숭한 대접도 받을수 있고 럿쉬 아워 전차속에서도 그저 건넌만하고 重大한 議事를 끝까지 진행하게 되는것이 아니었던가。 더욱이 다행한 일은 약간의 경찰범이외에는 쉐퍼ㅣ드란 놈에게 쫓길리 없이 대개는 물리어죽지않고 지나온것이다。 그러나 사람으로 말하면 그의 嗅覺의 不完全함으로 인하야 姑息之計를 이이어나가거니와 純粹한 靈魂으로만 存在한 天使로 말하면 헌누덕이 같은 육체를 갖지않고 超自然的 靈覺과 智慧를 가추었기에 사람의 靈魂狀態를 꿰뚫어 간섭하기를 해ㅅ빛이 유리를 지나듯 할것이다。 위태한 湖水가로 달리는 어린아이뒤에 바로 천사가 따러 보호하는바에야 죄악의 절벽으로 달리는 우리 영혼뒤에 어찌 천사가 애타하고 슬퍼하지 않겠는가。 물고기는·부패하랴는 즉시부터 벌서 냄새가 다르다。 영혼이 죄악을 계획하는 순간에 천사는 코를 막고 쩡그릴것이 분명하다。 세상에 쉐퍼ㅣ드를 경계할만한 인사는 모름즉이 천사를 두려워하고 사랑할것이어니 그대가 이세상에 떨어지자 하눌에 별이 하나 새로 솟았다는 神話를 그대는 무슨

理由도 믿을수 있을것이냐。 그러나 그대를 항시 보호하고 일깨우기 위하야 천사가 따른다는 信仰을 그대는 무슨 理論으로 拒否할것인가。 천사의 嗅覺이 해ㅅ빛처럼 섬세하고 또 신속하기에 우리의것은 훨석 무듸고 거칠기에 우리는 도로혀 천사가 아니었던 행복을 누릴수 있는것이었으니 이세상에 거룩한 향내와 깨끗한 냄새를 가려어맡을수 있는것이니 五月ㅅ달에도 木蓮花아래 설때 우리의 五官을 열마나 恍惚히 調節할수 있으며 薔薇의 眞髓를 뽑아 몸에 진힐만 하지아니한가。 쉐퍼ㅣ드란놈은 木蓮의 향기를 감촉하는것 같이도 아니하니 木蓮花아래서 그놈의 아모런 表情도 없는것을 보아도 짐작할것이가。 대개 경찰범이나 암놈이나 고기ㅅ덩이에 날카로울뿐인것이 분명하니 또 그리고 그러한 동속의 냄새를 찾여낼때 그놈의 소란한 동작과 황당한 얼골짓을 보기에 우리는 저윽이 괴롭을 느낄수 밖에 없다。

사람도 혹시는 무지중 그리한 洗練되지못한 表情을 숨기지 못할적이 없으란법도 없으나 불시도 침입하는 냄새가 그렇게 妖艶한 때이다。 그러기에 人類의 얼골을 다소 莊重히 보존하여 불시도 焦燥히 흩으러짐을 항시 징계할것이요 耳目口鼻를 골르고 삼갈것이로다。

# 禮讓

電車에서 나리어 바로 뻐스로 連絡되는 距離인데 한 十五分 걸린다고 할지요。밤이 이슥해서 돌아갈 때에 대개 이 뻐스안에 몸을 실리게 되니 별안간 暴醉를 느끼게 되어 얼골에서 우그럭 우그럭하는 무슨 音響이 일든것을 가까수로 견디며 쭈그리고 앉어있거나 그렇지못한 때는 갑자기 헌솜 같이 疲勞해진것을 깨다를수 있는것이 이 뻐스안에서 차지하는 잠시동안의 일입니다。이즘은 어쩐지 밤이 늦어 交朋과 衆人을 떠나서 온전히 제홀로된 때 醉氣와 疲勞가 삽시간에 엄襲하여 오는것을 깨닫게 되니 이것도 體質로 因해서 그런것이 아닐지요。뻐스로 옮기기가 무섭게 앉을 자리를 변통해내야만 하는것도 실상은 서서 씰러기에 견딜수 없이 醉했거나 삐친 까닭입니다。오르고 보면 번번히 滿員인데도 다행히 비집어앉을만한 자리가 하나 비어있지 않었겠읍니까。손바닥을 살짝 내밀거나 혹은 머리를 잠간 굽히든지하여서 남의 사이에 끼일수 있는 略小한 禮儀를 베플고 앉게 됩니다。그러나 나의 疲勞를 잊을만하게 그렇게 편편한 자리가 아닌것을 알었읍니다。양옆에 頑强한 젊은 骨格이 버티고있어서 그틈에 끼워있으랴니까 물론 편편치못한 理由外에 무엇이겠읍니까마는 서서 쏠어지는이보다는 끼워서 흔들리는것이 차라리 安全한 노릇이 아니겠읍니까。滿員뻐스 안에 누가 約束하고 비여놓은듯한 한자리가 대개는 辭讓할수 없는 幸福 같이 반갑은 것이였읍니다。사람의 日常生活이란 이런 대수롭지 않은 일이 되푸리하는것이 거의 全部이겠는데 이런 하치못한 市民을 위하야 뻐스안에 비인 자리가 있다는것은 말하자면「아모것도 없다는

것 보담은 겨우 있다는 것이 더 나은 것이다」라는 原理로 돌릴만한 일이 아니겠읍니까。 그래도 종시 몸짓이 불편한 것을 그대로 견디어야만 하는것이니 불편이란 말이 잘못 表現된 말입니다。 그자리가 내게 꼭 適合하지 않었던것을 나종에야 알었읍니다。 말하자면 동그란 구녁에 네모진것이 끼웠다거나 네모난 구녁에 동그란것이 걸렸을 적에 느낄수있는 대개 그러한 齟齬感에 多少 焦燥하였던것입니다。 그렇기도소니 한 十五分동안의 일이 그다지 대단한 勞役이랄것이야 있읍니까。 마침내 몸을 가벼히 솟치어 빠져나와 집에까지의 어둔 골목길을 더덕더덕 걸게되는것이었읍니다。 그이튿날 밤에도 그때쯤하여 빠스에 올르면 그자리가 역시 비어있었읍니다。 滿員빠스안에 자리 하나가 반드시 비어있다는것이나 또는 그자리가 무슨 指定을 받은듯이나 반드시 같은 자리요 반드시 나를 기달렸다가 앉치는것이 異常한 일이 아닙니까。

그도 하로이틀이 아니요 여러밤을 두고 한갈로 그러하니 그자리가 나의 무슨 迷信에 가까운 宿緣으로서거나 혹은 무슨 不測한 故障으로 누가 急激히 落命한 자리거나 혹은 洋服궁둥이를 더럽힐만한 무슨 汚點이 있어서거나 그렇게 疑心쩍게 생각되는데 아모리 드려다보아야 무슨 실큿한 血痕같은것도 붙지 않었읍니다. 하도 여러날밤 같은 現象을 되푸리 하기에 인제는 빼스에 오르자 꺼어멓게 비어있는 그자리가 내가 끌리지 아니치못한 무슨 검은 運命과 같이 보히어 실큿한대로 그대로 끌리게 되었읍니다. 그러나 여러밤을 연해 앉고보니 自然히 자리가 몸에 맞여지며 도로혀 一種의 安易感을 얻게된것입니다. 그러나 더욱 怪常한 노릇은 바로 左右에 앉은 두 사람이 밤마다 같은 사람들이었읍니다. 나히가 실상 二十안팎 밖에 아니되는 青春男女 한쌍인데 나는 어느쪽으로도 씰릴수 없는 꽃과 같은

男女이었읍니다. 이야기가 차차 怪譚에 가까워갑니다마는 그들의 衣裳도 무슨 幻影처럼 絢爛한것이었읍니다。 혹은 내가 靑春과 流行에 대한 銳利한 判別力을 喪失한 나히가 되어 그런지는 모르겠으나 밤마다 나타나는 그들 靑春 한쌍을 꼭 한사람들로 여길수 밖에 없읍니다。 이 怪譚과 같은 뻐스안에 異國人과 같은 靑春男女와 말을 바꿀 일이 없었고 말었읍니다。 그러나 그자리가 종시 불편하였던 原因을 追勢하여보면 아래 같이 생각되기도 합니다。

1、나의 兩옆에 그들은 너무도 젊고 어여뻤던것임이 아니었던가。

2、그들의 極上品의 비누냄새 같은 靑春의 體臭에 내가 견될수 없었던 것이 아닐지?

3、실상인즉 그들 사이가 내가 쪼기고 앉을 자리가 아이에 아니었던것이나 아닐지?

대개 이렇게 생각되기는 하나 그러나 사람의 앉을 자리는 어디를 가든지 定하여지는것도 事實이지요。 늙은 사람이 결국 아래목에 앉게되는것이니 그러면 그들 青春男女 한쌍은 나를 위하야 뻬스안에 밤마다 아랫목을 비워놓은것이나 아니었을지요? 지금 거울앞에서 아츰 넼타이를 매며 역시 오늘밤에도 비어있을 꺼어먼 자리를 보고섰읍니다。

몸이 좀 의실의실한데도 물이 차저지는것은 떳떳한 渴症이 아닌
것을 알수있다。
입시울이 메말르기에 거풀이 까실까실 이른줄도 알었다。아픈듸가
어듸냐고 하면 아픈듸는 없다고 할수 밖에 없다。손으로 이마를 진
찰하여 보았다。알수없다。
이마에 대한 外科가 아닌바에야 이마의 內科이기또소니 손바닥으
로 알수있을게 무어냐。어떻게 보면 열이 있고 또 어찌 생각하면
열이 없다。그러나 이 손바닥診察이 아조 無視되어온것도 아니다。
이 법이 본래 할머니께서 내 어린 이마에 쓰시던 법인데 이나희가

되도록 이 법으로 써 대개는 가볍게 흘리어 버리기도 하고 아스피린 따위로 妥協하여 버리기도하고 몸이 찌뿌두데한데도 不拘하고 斷然 否定하여버리고 巷間으로 일부러 분주히 돌아다니기도 하였다。 寄宿舍에서 지날적에는 대개 펴노힌채로 있던 이불속으로 家畜처럼 공손히 들어가 모처럼만에 흐르는 눈물이 솜냄새에 눌리워버리기도 하였다。

대채로 손바닥判斷이 그대로 서게되고 마는것이었다。

오늘도 午後두시의 나의 憂鬱은 나의 이마에 나의 손이 가게되는것이다。 그러나 容易히 決定하지 아니하였다。

보리차를 생각하였다。 탁자우에 차ㅅ종이 모조리 뒤집혀 놓인대로 있는 놈이 하나도 없다。 놓일대로 놓여있음에 틀림없다 그러나 그것은 차ㅅ종으로 차가 마시워졌다는것 밖에 아니된다。 이것이 마신

것이로라고 바로 놓아두는것이 한 禮儀도 되었다。
禮儀는 이에 그치고 마침내 차ㅅ종이 있는대로 치근치근하고 지저
분하고 보리짜꺼기를 앉힌채로 있게되는것이다。
오늘은 날도 몹시 흐리고 음산하다。 오피스 안에는 낮불이 들어
왔는데도 밝지 않다。
木覓山 중허리를 나려와 덮은 구름은 무슨 惡意를 품은것이 차
라리 더러운 구름이다。 十一月 들어서서 비늘갈고 자개장식갈고 목화
피여 나가듯하는 淡淡한 구름은 아니고만다。
時計가 운다。 울곤 씨그르르…… 울곤 씨그르르…… 렵렵한 소리가
따르는것은 저건 무슨 故障일가。 짜중이 난다。
鐘이 운다。 이약 鐘으로서 무슨 재차분하고 으젓지않은 소리냐。
어쨌든 幼稚園以來로 餘韻을 내보지 못한 소리다。 별안간 이 管制

中에 뫼ㅅ도야지 귀창이라도 뒷어매칠만한 激烈한 사이렌소리를 듣고싶다。 지지분한 空氣에 새로운 振幅이 그리웁다。

약간 亢奮을 느낀다。

군데군데가 더웁다。 먼저 이마 그리고 겨드랑이 손이 마자 發熱하고보니 손이란 월래 簡易한 診察에나 쓰는것 밖에 아니된다。

비ㅅ낯이 듣는가 했더니 제법 떨어진다。

亞鉛板 같이 무거운 하늘에서 떨어지는 비는 亞鉛板을 치는 소리가 난다。

뿌리는 비、날리는 비、부으 뜬 비、끗는비、쏟는 비、뛰는비、그저오는 비、허둥지둥하는 비、촉촉 좆는 비、쫑알거리는 비、지나가는 비、그리나 十一月 비는 건늬어 가는 비다。 二拍子 폴카춤 스텝을 밟으며。 그리하야 十一月비는 흔히 가외ㅅ것이 많다。

※

벌서 유리창에 날벌레떼 처럼 매달리고 미끄러지고 엉키고 또그르 궁글고 흠이 지고 한다。 매우 簡易한 風景이다。

그러나 바ㅅ방울은 觀察을 細密히 하게하는것이 아닐가。 내가 오늘 悠悠히 나를 고늘수 없으니 滿幅의 風景을 앞에 펼칠수 없는 탓이기도 하다。

비ㅅ방울을 시름없이 드려다보는 겨를에 나의 體重이 희한히 가비야웁고 슬퍼지는것이다。 설영 누가 나의 쪽지를 핀으로 창살에 꼭 꽂아 둘지라도 그대로 견딜것이려라。

나의 人生도 그많은 恒河沙와 같다는 별중에 하나로 비길배가 아니오 한점 비ㅅ방울로 떨고 매달린것이 아니런가。

이것은 약간의 渴症으로 인하야 이다지 細心하여지는것이나 아닐가。그렇지도 아니한것이、뛰어나가 水道를 탁 터치어놓을수 있을것이겠으나 별로 그리할 맛도 없고 구타여 물을 마시어야 할것도 아니고 보니 나의 渴症이란 咽喉나 胃腸에 따른것이라기 보다는 純粹히 神經的이거나 혹은 輕微한 程度로 精神的인것일른지도 모른다。

오떼스를 벗어나왔다。

레인코오트단초를 꼭꼭 잠그고 깃을 세워 턱아리까지 싸고 소프트토 누르고 박쥐우산안으로 바짝 들어서서 그리고 될수있는대로 가리어 드디는것이다。

버섯이 피여오른듯 호줄그레 늘어선 都市에서 진흙이 조금도 긴치아니하려니와 내가 찬비에 젖어서야 쓰겠는가。

眼鏡이 흐리운다。나는 레인코오트 안에서 옴츠렸다。나의 扁桃腺을 아조 注意하야만 하겠기에、무슨 경황에、포올 애르렌의 슬픈 詩 「거리에 나리는 비」를 읍조릴수 없다。

비도 치워 우는듯하야 나의 體熱을 산산히 빼앗길적에 나는 아므렁지도 않은것 같이 날신하여지기에 결국 아므렁지도 않다고 했다。

驢馬처럼 떨떨거리고 오는 흰 빠스를 잡어탔다。

유리쪽마다 비ㅅ방울이 매달렸다。

오늘에 한해서 나는 한사코 비ㅅ방울에 걸린다。

빠스는 후루룩 떨었다。

비ㅅ방울은 다시 날려와 붙는다。나는 헤여보고 손가락으로 부벼보고 아이들 처럼 孤獨하기 위하야 남의 體溫에 끼인대로 참한히 앉어있어야 하겠고 남의 늘어진 긴 소매에 가리운대로 잡착하야 하겠다。

비ㅅ방울마다 都市가 불을 켰다。나는 心機一轉하였다。

銀幕에는 봄빛이 한창 어울리었다。湖水에 물이 넘치고 금잔디에 속닢이 모다 자라고 꽃이 피고 사람의 마음을 끄일듯한 흙냄새에 가여운 椿姬도 코를 대고 맡는것이다。미칠듯한 기쁨과 希望에 椿姬는 희살대며 날뛰고 한다。

마을앞 古木 은행나무에 꿀벌떼가 두룸박 처럼 끓어나와 잉넝거리는것이다。마을사람들이 뛰어나와 이 마을직힌 은행나무를 둘러쌍고 벌떼소리를 해가며 질서 없는 合唱으로 뛰고 노는것이다。탬보ㅣ린에、하다못해 무슨 기명남스래기에 고끄랑나발따위를 들고나와 두들기며 불며 노는것이다。椿姬는 하얀 질질 끌리는 긴 옷에 검은

뗘를 뗘고 쟁반을 치며 뛰는것이다。

동네 큰개도 나와 은행나무 아래ㅅ등에 앞발을 걸고 벌떼를 집어 삼킬듯이 컹컹 짖어댄다。

그러나 銀幕에도 갑자기 비도 오고 한다。椿姬가 점점 슬퍼지고 어두어지지 아니치 못해진다。椿姬가 콩콩 기침을 할적에 觀客席에도 가벼운 기침이 流行된다。節候의 탓으로 혹은 多感한 青春士女들의 肺尖에 붉고 더운 피가 부지중 몰리는것이 아닐가。부릇 나는것일지도 모른다。

※

椿姬는 점점 지친다。그러나 흰나비처럼 파다거리며 흰동백꽃에 恍惚히 의지하련다。대체또 多少 古風스러운 슬픈이야기라야만 실컷 슬프다。

흰동백꽃이 아조 시들무렵、椿姬는 점점 斷念한다。그러나 椿姬의 눈물은 점점 깊고 洗練된다。

銀幕에 나리는 비는 실로 좋은것이었다。젖여질수 없는 비에 나의 슬픔은 촉촉할대로 젖는다。그러나 女子의 눈물이란 실로 좋은것인 줄을 알었다。男子란 술을 가까히하야 굶을수도 있다。

그러나 女子에있어서는 그럴수 없다。女子란 눈물로 자라는것인가보다。男子란 賭博이나 決鬪로 臨機應變할수도 있다。그러나 女子란 다만 戀愛에서 天才다。

동백꽃이 새로 꽃힐때마다 椿姬는 다시 산다。그러나 椿姬는 점점 消耗된다。椿姬는 마침내 一家를 完成한다。

옆에 앉은 令孃 한분이 정말 눈물을 흘으러놓는다。견딜수 없이 느끼기까지 하는것이다。現實이란 어녀 처소에서나 물론하고 處置에 困

難하도록 좀 어리석은것이기도 하고 좀 面暖하기도 한것이다。 그레다 까르보 같은 사람도 평상시로 말하면 얼골을 항시 가다듬고 펴고 진득히 구지 않어서는 아니될것이다。 먹세는 남보다 골라서 할것이겠고 실상 사람이란 자기가 하고나온 悲劇이 있어 남몰래 앓을 병과 같어서 속에 진혀두는것이요 대개는 扮裝으로 나서는것임에 틀림없다。

어찌하였던 내가 이 映畵館에서 벗어나가게 되고말었다。 얼마쯤 슬픔과 무게(重量)를 사가지고。

거리에는 비가 이때ㅅ것 흐느끼고 있는데 어둠과 안개가 길에 끼고 있다。

따이야가 날려고 電車가 쨍쨍거리고 서로 결눈보고 비켜서고 오르고 나리고 사라지고 나타나는것이 모다 映畵와 같이 流暢하기는 하나 映畵 처럼 곱지 않다。 나는 아조 熱해졌다。

검은 커ㅣ텐으로 싼 어둠속에서 蒼白한 感傷이 아즉도 떨고 있겠으나 나는 먼저 나온것을 後悔치않어도 多幸하다고 하였다。 그러나 다시 한때를 지어 브로마이드 말려들어가듯 吸收되는 이들이 자끄 뒤를 잇는다。

나는 휘황히 밝은 불빛과 고요한 친구석이 그렵은것이다。 향그러운 紅茶 한잔으로 입을 추기어야 하겠고 나의 무게를 좀 덜라반하겠고 여러가지 점으로 젖여있는 나의 오늘 하로를 좀 가시우고 골러야 견듸겠기에。 그러나 하로의 삶으로서 그만치 구기여지는것도 어찌할수 없는 일이다。

별로 女色이나 무슨 酒草 같은것에 가까히 해서야만 그런것이 아니라 하로를 지나고 저믄 후에는 아모리 다리고 편다 할지라도 아조 깐깐해질수는 없는것이다. 더욱이 節候가 이렇게 고루지못하고 身熱이 좀 있고보면 더욱 그러한것이다. 사람의 良識으로 볼지라도 아모리 淸明하게 닦을지라도 다소 안개가 끼고 끄을고 하는것을 면키 어려운것이 아닌가.

그러므로 비ㅅ방울이라든지, 동백꽃이라든지, 눈물이라든지, 義理, 人情, 그러한것들이 모다 아름다운것이기도하고, 해로울것도 없고 기뻐함즉도 한것이나 그것이 굴러가는 季節의 摩擦을 따러 하로 삶이 주름이 잡히고 疲勞가 싸힌다. 서령 안개 같이 가벼운것임에 지나지 않을지라도.

이제로 집에 돌아가서 더운김으로 얼골을 흠빽 추기고 훌훌 마실수 있는 더운 藥을 마시리라. 집사람 보고 부탁하기를 꿈도 없는 잠을 들겠으니 잠드는동안에 맘을 거두어 달라고 하겠다.

# 아스ᄺᅡᆯ트

거르량이면 아스ᄺᅡᆯ트를 밟기로 한다。서울거리에서 흙을 밟을 맛이 무엇이랴。

아스ᄺᅡᆯ트는 고무밑창보담 징 한개 박지 않은 우피 그대로 사풋사풋 밟어야 쫀득쫀득 받히우는 맛을 알게된다。발은 차라리 다이야 처럼 굴러간다。발이 한사코 돌아다니자기에 나는 자꼬 끌리운다。발이 있어서 나는 고독치 않다。

街路樹 이팔마다 潑潑하기 물고기 같고 六月초승 하늘아래 밋밋한 高層建築들은 杉나무냄새를 풍긴다。나의 파나마는 새파라툿 젊을수 밖에。家犬 洋傘 短杖 그러한것은 閑雅한 敎養이 있어야 하기

에 戀愛는 時間을 甚히 浪費하기 때문에 나는 그러한것들을 길들
일수 없다。 나는 甚히 流暢한 푸로레타리아트! 고무뽈처럼 풍풍
튀기어지며 간다, 午後四時 오떼스의 疲勞가 나로 하여금 軌道一
切를 밟을수 없게 한다 작난감 機關車처럼 작난하고싶고나。 풀포기가
없어도 종달새가 나려오지 않어도 좋은、 폭신하고 판판하고 만만한
나의 遊牧場 아스팔트! 黑人種은 파인애풀을 통채로 쪼기여 새빨간
입술로 쭉쭉 드리킨다。 나는 아스팔트에서 조금 빗겨들어서면 된다。
탁!탁! 튀는 生麥酒가 瀑布처럼 싱싱한데 黃昏의 서울은 갑
자기 澎漲한다 불을 켜다。

# 老人과 꽃

老人이 꽃나무를 심으심은 무슨 보람을 위하심이오니까。 등이 굽으시고 숨이 차신데도 그래도 꽃을 가꾸시는 양을 뵈오니、 손수 공드리신 가지에 붉고 빛나는 꽃이 매즈리라고 생각하오니、 희고 희신 나룻이나 주름살이 도로혀 꽃답도소이다。

나히 耳順을 넘어 오히려 女色을 길르는 이도 있거니 실로 陋하기 그지없는 일이옵니다。 빛갈에 醉할수 있음은 빛이 어늬 빛일런지 靑春에 마낄것일런지도 모르겠으나 衰年에 오로지 꽃을 사랑하심을 뵈오니 거룩하시게도 정정하시옵니다。

봄비를 맞으시며 심으신것이 언제 바람과 해ㅅ빛이 더워오면 곫은 꽃봉오리가 燭붙혀듯 할것을 보실것이매 그만치 老來의 한 季節이 헛되히 지나지 않은것이옵니다。

老人의 枯淡한 그늘에 어린 子孫이 戱戱하며 꽃이 피고 나무와 벌이 날며 닝닝거린다는것은 餘年과 骸骨을 裝飾하기에 이러틋 華麗한 일이 없을듯 하옵니다。

해마다 꽃은 한 꽃이로되 사람은 해마다 다르도다。만일 老人 百歲後에 起居하시던 窓戶가 닫히고 뜰앞에 손수 심으신 꽃이 爛熳할 때 우리는 거기서 슬퍼하겠나이다。그꽃을 어찌 즐길수가 있으리까。꽃과 주검을 실로 슬퍼할자는 靑春이요 老年의것이 아닐가 합니다。奔放히 끓는 情炎이 식고 豪華롭고도 홧홧한 부끄럼과 견질수 없는 괴롬으로 繡놓은 靑春의 웃옷을 벗은 뒤에 오는 淸秀하고 孤高하고 幽閑하고 頑强하기 鶴과 같은 老年의 德으로서 어찌 주검과 꽃을 슬펴하겠읍니까。 그러기에 꽃이 아름다움을 실로 볼수 있기는 老境에서 일가 합니다。

멀리 멀리 나ㅣ 따끌으로서 오기는 初瀨寺의 白牧丹 그중 一點 淡紅빛을 보기위하야。

의젓한 詩人 포올 클로오델은 모란 한떨기 만나기위하야 이렇듯 멀리 왔더라니、 제자위에 붉은 한송이 꽃이 心性의 天眞과 서로 의지하며 즐기기에는 바다를 몇식 건늬어 온다느니보담 美玉과 같이 琢磨된 春秋를 진히어야 할가 합니다。

실상 靑春은 꽃을 그다지 사랑할배도 없을것이며 다만 하늘의 별 물속의 진주 마음속에 사랑을 表情하기 위하야 꽃을 꺾고 꽂고 선사하고 찢고 하였을뿐이 아니었읍니까。 이도 또한 老年의 智慧와 法悅을 위하야 靑春이 지나지 아니치 못할 煉獄과 試練이기도 하였읍니다。

嗚呼 老年과 꽃이 서로 비추고 밝은 그어늬날 나의 나룻도 눈과 같이 히여지이다 하노니 나머지 靑春에 다이 설레나이다。

# 삐꼬리와菊花

물오른 봄버들가지를 꺾어들고 들어가도 문안사람들은 부러워하는데 나는 서울서 삐꼬리소리를 들으며 살게 되었다。

새문밖 감영앞에서 전차를 나려 한 십분쯤 걷는 터에 삐꼬리가 우는 동내가 있다니깐 별로 놀라워하지 않을뿐 외라 치하하는 이도 적다。

바로 이 동내 人士들도 매간에 시세가 얼마며 한평에 얼마 오르고 나린것이 큰 關心거리지 나의 삐꼬리이야기에 어울리는 이가 적다。

이사ㅅ짐 옮겨다 놓고 한밤 자고난 바로 이틀날 해ㅅ살바른 아츰、자리에서 일기도 전에 기와ㅅ골이 玉인듯 짜르르 짜르르 울리는 신기한 소리에 놀랐다。

삐꼬리가 바로 앞 나무에서 우는것이었다。

나는 뛰어나갔다。

적어도 우리집 사람쯤은 부주깽이를 놓고 나오던지 든채로 황황히 나오던지 해야 삐꼬리가 바로 앞 나무에서 운 보람이 섰것이겠는데 세상에 사람들이 이렇다시도 무될줄이 있으랴。

저녁때 한가한 틈을 타서 마을둘레를 거니노라니 삐꼬리뿐이 아니라 까토리가 풀섶에서 푸드득 날러갔다 했더니 장끼가 산이 쩌르렁 하도록 우는것이다。

산비들기도 모이를 찾어 마을어구까지 나려오고、시어머니 진지상 나수어다 놓고선 몰래 동산 밤나무 가지에 목을 매여 죽었다는 며누리의 넋이 새가 되었다는 며누리새도 울고하는 것이었다。

며누리새는 외진곳에서 숨어서 운다。밤나무꽃이 눈 같이 흴 무렵、아츰 저녁 밥상 받을 때 유심히도 극성스럽게 우는 새다。실큿하게도 슬픈 우름에 정말 목을 매는 소리로 끝을 맺는다。

며누리새의 내력을 알기는 내가 열세살적이었다。지금도 그소리를 들으면 열세살적 외롬과 슬픔과 무섬탐이 다시 일기에 며누리새가 우는 외진곳에 가다가 발길을 도리킨다。

나라세력으로 자란 솔들이라 고소란히 서있을수 밖에 없으려니와 바람에 솔소리처럼 안윽하고 서럽고 즐겁고 편한 소리는 없다。오롯이 敗殘한 후에 고요히 오는 慰安 그러한것을 느끼기에 족한 솔소리、솔소리로만 하더라도 문밖으로 나온 값은 칠수 밖에 없다。

동저고리바람을 누가 탓할 이도 없으려니와 동저고리바람에 따르는 홋홋하고 가볍고 自然과 사람에 향하야 아양떨고싶기까지한 야릇한

情緒 그러한것을 나는 비로소 알어내었다。

팔을 걷기도 한다。그러나 주먹은 잔뜩 쥐고 있어야할 理由가 하나도 없고、그 많이도 흙을 잡히는 입을 벌리는 버릇도 동저고리 바람엔 조금 벌려두는것이 한층 편하고 수얼하기도 하다。

무릎을 세우고 안으로 깍지를 끼고 그대로 아모데라도 앉을수 있다。그대로 한나잘 앉었기로소니 나의 게으른 탓이 될수 없다。머리우에 구름이 절로 피명 지명 하고 골에 약물이 사철 솟아 주지 아니하는가。

삐꿈채꽃、엉겅퀴송이、그러한것이 모다 내게는 끔직한것이다。그밑에 앉고보면 나의 몸동아리、마음、얼、할것 없이 호탕하게도 꾸미어지는것이다。

사치스럽게 꾸민 방에 들 맛도 없으려니와、나히 三十이 넘어 애인이 없을 사람도 뻐꿈채 자주꽃 피는데면 내가 실컷 살겠다。
바람이 자면 노오란 보리밭이 후끈하고 송진이 고혀오르고 뻐꾸기가 서로 불렀다。

아츰 이슬을 흩으며 언덕에 오를때 대소롭지안히 흔한 달기풀꽃이라도 하나 업수히 녁일수 없는것을 보았다。이렇게 적고 푸르고 이쁜 꽃이였던가 새삼스럽게 놀라웠다。

요렇게 푸를수가 있는것일가。
손끝으로 익깨어 보면 아깝게도 곱게 푸른 물이 들지않던가。밤에는 반디불이 불을 켜고 푸른 꽃닢에 오므라붙는것이였다。
한번은 닭이풀꽃을 모아 잉크를 만들어가지고 친구들한테 편지를 艶書 같이 써 붙이였다。무엇보다도 꾀꼬리가 바로 앞 낡에서 운다는 말을 알리였더니 安岳친구는 굉장한 치하편지를 보냈고 長城벗은 겸사겸사 멀리도 집아리를 울라왔었던것이다。

그날사 말고 새침하고 꾀꼬리가 울지않었다。 맥주거품도 꾀꼬리울음을 기달리는듯 교요히 이는데 長城벗은 웃기만 하였다。

붓대를 희롱하는 사람은 가끔 이러한 섭섭한 노릇을 당한다。

멀리 연기와 진애를 걸러오는 사이렌소리가 싫지 않게 곱게 와 사라지는것이었다。

꾀꼬리는 우는 제철이 있다。

이제 季節이 아조 바뀌고보니 꾀꼬리는 커니와 며누리새도 울지않고 산비들기만 극성스러워진다。

꽃도 닢도 이울고 지고 산국화도 마지막 슬어지니 솔소리가 억세여간다。

꾀꼬리가 우는 철이 다시 오고보면 長城벗을 다시 부르겠거니와 아조 이우러진 이 季節을 무엇으로 기울것인가。
동저고리바람에 마고자를 포기어 입고 銀단초를 달리라。
꽃도 朝鮮黃菊은 그것이 꽃중에는 새틈에 끼묘리와 같은것이다。내
가 이제도 黃菊을 보고 醉하리로다。

# 비 들 기

하로가리쯤 되는 터ㅅ밭이랑에 손이 곱게 돌아가 있다。갈고 흙덩이 고르고 잔돌 줏고 한것이나 풀포기 한잎 거친것 없는것이나 갓골을 거든히 돌라 친것이나 이랑에 흙이 다북 다북 북돋으인것이라든지가 바지런하고 일솜씨 미끈한 사람의 할 일이로구나 하였다。논밭일은 못하였을망정 잘하고 못한것이야 모를게 있으랴。갈보리를 벌서 뿌리었다기는 일고 김장 구배추도는 엄청 늦고 가랑파씨를 뿌린상 싶다。

참새떼가 까맣게 날러와 안기에 황겁히 활개를 치며「우여어!—」소리를 질렀더니 그만 휘잉! 휘잉! 소리를 내며 쫓기어간다.

그도 그럴적뿐이요 새도 눈치코치를 보고 오는셈인지 어느 겨를
에 또 날러와 짓바수는것이다。
밭임자의 품파리ㅅ군이 아닌 이상에야 한두번이지 한나절 위한하고
새를 보아줄수도 없는 일이다。
이번에는 난데없는 비들기떼가 한 오십마리 날라오더니 이것은
네브카드네살의 군대들이나 되는구나。
이렇게 한바탕 치르고 나도 남을것이 있는것인가 하도 딱하기에
밭임자인듯한 이를 멀리 불러 물어 보았다。
「씨갑씨 뿌려둔것은 비들기밥 대주라고 한게요?」
「그 어떻겁니까。 악을 쓰고 좇아도 하는수 없으니」
「이근처엔 비들기가 그리 많소?」
「원한경 원목사ㅅ집 비들기인데 하도 파먹기에 한번은 가서 사설을

했더니 자기네도 할수없다는겁디다。 멫마리 사탕탐으로 길른것이 남의집 비둘기까지 달고 들어와 북새를 노니 거두어먹이지도 않는 바에야 우정 쫓아낼수도 없다는겁니다」

「비둘기도 양옥집그늘이 좋은게지요」

「총으로 쏘던지 잡어죽이던지 맘대로 하라곤 하나 할수있는 일입니까。 내버려두지요」

농사끝이란 희한한것이 아닌가。 새한테 먹히고、 벌레도 한몫 태우고 風災 水災 旱災를 겪고 도지되고 짐수 치르고 비둘기한테 짓바시우고 그래도 남는다는것은 그래도 농사끝 밖에 없다는것인가。 발임자는 남의일 이야기 하듯하고 간후에 열두어살전후쯤된、 남매간인듯한 아이들 둘이 깨여진 남비쪽 생철쪽을 들고나와 발머리에 신을 치는것이다。

이건 곡하는것인지 노래부르는것인지 야릇하게도 서러운 푸념이나 哀願이 아닌가。

날김생에게도 哀願은 通한다。

悠悠히 날러가는것이로구나。

날김생도 워낙 억세고 보면 사람도 쇠를 치며 우는수 밖에 없으렸다。

농가아이들을 괴임성스럽게 볼수가 없다。

첫째 그들은 사나이니까 머리를 깎었고 계집아이니까 머리가 있을 뿐이요 몸에 걸친것이 그저 구별과 이름이 부를수는 있다。그들의 치레와 치장이란 이에 그치고 만다。

허수아비는 이보다 더 허름한 옷을 입었다。그래서 날김생들에게 令이 서지 않는다。

그들은 철없어 복스런 우슴을 웃을줄 모르고 우슴이 절로 어여
빠지는 음식 음식 때이고 펴고하는 불이 없다。
그들은 씩씩한 물ㅅ기와 이글거리는 피ㅅ빛이 없고 흙빛과 함께
검고 푸르다。
팔과 다리는 파리하고 으실뿐이다。
그들은 榮養이 없이도 앓지 않는다。
눈도 아모 날래고 사나온 열ㅅ기가 없다。슬프지도 아니한 눈이다。
좀처럼 울지도 아니한다——노래와 춤은 커니와。
그들은 이 가난하고 피죄죄한 自然에 나면서부터 견듸고 慣習이
익어왔다。
주리고 헐벗고 孤獨함에서 사람이란 忍耐와 鍛鍊이 必要한것이
되겠으나 그들은 새삼스럽게 努力을 드리지아니하여도 된다。

그들은 괴롭지도 아니하다。

그들은 세상에도 슬프게 생긴 무덤과 이웃하야 산다。

그들은 흙과 돌로 얽고 다시 흙으로 칠한 방안에서 흙냄새가 말어지지 아니한다。

그들은 어버이와 瘦瘠한 家畜과 서로서로 숨소리와 잠고대를 하며 잔다。

그들의 어머니는 명절날이면 회ㅅ배가 아프다。

그들의 아버지는 명절날에 취하고 운다。

南部伊太利보담 프르고 곱다는 하늘도 어쩐지 永遠히 먼데로만 향하야 한눈파는듯하야 구름도 꽃도 아모 裝飾이 될수 없다。

## 肉 體

몽ㅣ끼라면 아시겠읍니까。몽ㅣ끼、이름조차 맛대가리없는 이 연장은 집터다지는데 쓰는 몇 千斤이나 될지 엄청나게 크고 무거운 저울추모양으로 된 그 쇠덩이를 몽ㅣ끼라고 이릅데다。標準語에서 무엇이라고 제정하였는지 마침 몰라도 일터에서 일꾼들이 몽ㅣ끼다고 하니깐 그런줄로 알 밖에 없읍니다。

몽치란 말이 잘못 되어 몽ㅣ끼가 되었는지 혹은 원래 몽ㅣ끼가 옳은데 몽치로 그릇된것인지 語源에 밝지못한 소치로 재삼 그것을 가리라고는 아니하나 쇠몽치중에 하도 육중한 놈이 되어서 생김새 둥치를 보아 몽치보담은 몽ㅣ끼로 대접하는것이 좋다고 나도 보았읍니다。

크낙한 양옥을 세울 터전에 이 몽—끼를 쓰는데 굵고 크기가 전신주만큼이나 되는 장나무를 여러개 휠석 우ㅅ둥을 실한 쇠줄로 묶고 아래ㅅ둥은 벌리어 세워놓고 다시 가운데 철봉을 세워 그 철봉이 몽—끼를 꿰뚫게 되어 몽—끼가 그 철봉에 꽂히인대로 오르고 나리게 되었으니 몽—끼가 나려질리는 밑바닥이 바로 굵은 나무기둥의 대구리가 되어있읍니다。 이 나무기둥이 바로 땅속으로 모주리 들어가게 된것이니 기럭지가 보통와가집 기둥만큼 되고 그우로 몽—끼가 벽력 같이 떨어질 距離가 다시 그기둥 키만한 사이가 되어있으니 결국 몽—끼는 땅바닥에서 이층집 꼭두만치는 올라가야만 되는것입니다。 그 거리를 몽—끼가 기여오르는 꼴이 볼만하니 좌우로 한편에 일곱사람식 늘어서고보면 도합 열네사람에 각기 잡어다릴 굵은 참바줄이 열네가닥, 이 열네가닥이 잡어다리는 힘으로 그 육중한 몽ㅣ께가 기어올라가게 되는것입니다. 단번에 올다가는 수가 없어서 한 절반에서 삼시 다른 장목으로 고이있다가 일꾼 열네사람들이 힘찬 呼吸을 잠간 돌리었다가 다시 와락 잡어다리면 꼭두끝까지 기어올라갔다가 나려질 때는 한숨에 나려박치게 되니 쿵웅 소리와 함께 기둥이 땅속으로 문쩍문쩍 들이가게 되어 근처 행길까지 들석 들석 울리며 꺼져드는것 같읍니다. 그러한 노릇을 기둥이 모두 땅속으로 들어가기까지 출곳 하야만하므로 장정 열네사람이 힘이 여간 키이는것이 아닙니다. 그터하야 한사람은 초성 좋고 장고 잘 치고 신명과 넉살좋은 사탐으로 옆에서 지경닦는 소리를 멕이게 됩니다. 하나가 멕이면 열네사람이 받고 하는 맛으로 일터가 흥성스러워지며 일이 쉽하게 부쩌 부쩍 늘어갑니다。 그렇기에 멕이는 사람은 점점 흥이 나고 신이 솟아서 노래ㅅ사연이 별별 신기한것이 연달어 나오게 됩니다。 애초에 누가 이런 民謠를 지어냈는지 구절이 용하기는 용하나 좀 듣기에 면고 한데가 있읍니다。 대개 큰애기、총각、과부에 관계된 것、혹은 신작로、하이칼라、상투、머리끄리、가락지등에 관련된것을 노래로 부르게됩니다。 그리고 에헬렐레상사도로 디、뜨、데、인이 계속됩니다。 구경꾼도 여자는 잠깐이라도 머뭇거릴 수가 없게되니 아무리 노동꾼이기로 또 노래를 불러야 일이 쉽하고 불고하기도 듣기에 얼골이 부끄러 와락 와락 하도록 그런 소리를 할것이야 무엇있읍니까。 그 소리로 무슨 그렇게 신이나서 할 것이 있는지 야비한 얼골짓에 허리아래ㅅ등과 어깨를 으씩으씩 하여가며 하도 끝이 그다지 愛嬌도 사주기에는 너무도 나의 神經이 가늘고 弱한가 봅니다。그러나 肉體勞働者로서의 獨特한 批判과 諷刺가 있기는 하니 그것을 그대로 듣기에 좀 쩔리기도하고 무엇인지 생각케도 합니다。이것도 肉體로 산다기보다 多分히 神經으로 사는 까닭인가 봅니다。그런데 몽ㅣ끼가 이자리에서 기둥을 다 박고 저자리로 옮기랴면 불가불 일꾼의 어깨를 빌러게 됩니다。실한 장정들이 어깨에 목도로 옮기는데 사람의 鎖骨이란 이렇게 맛갈긴것입니까 다리가 휘창거리어 쓸어질가싶게 갠신갠신히 옮기게 되는데 鎖骨이 부러지지않고 백이는것이 희한한 일이 아닙니까。이번에는 그런 입에 올리지못할 소리는커녕 영치기영치기 소리가 지기영 지기영 지기영 지기지기영으로 변하고 불과 몇걸음 못옮기어서 혹혹하며 땀이 풀솟듯 합데다。짓궂인 몽ㅣ끼는 그끝에 매달려 가는 맛이 호숩은지 동치가 그만해가지고 어쩌면 하로 품파리로 살어가는 삯군 어께에 늘어져 근드렁근드렁거리는것입니까。숫제 침룽한 우숨을 견딜수 없었읍니다。그사람네는 이마에 땀을 내어 밥을 먹는다기보담은 시뻘건 살뎅이를 몇점식 뚝뚝 잡이떼어 내고 그리고 그자리를 밥소로 때우어야만 사는가싶도록 激烈한 勞働에 견듸는것이니 서령 외설하고 淫風에 가까운 노래를 부를지라도 그것을 입시울에 그치고 말것이요 몸동아리까지에 옮겨갈 餘裕도 없을가 합니다。

白鹿潭 完

# 白鹿潭

一九四六年十月三十一日 發行
特製版 定價 八十圓


著者 京城府敎岩洞山一一의一二三
鄭芝溶

發刊 京城府鍾路二街八
白楊堂
電話③三五〇八番

詩集
白鹿潭

# 백록담

# 백록담

정지용 지음

더스토리

| 차례 |

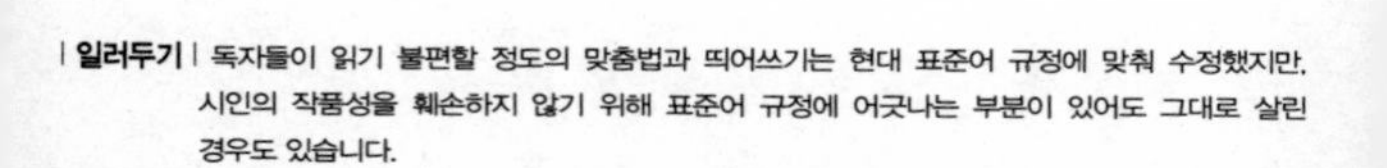

| **일러두기** | 독자들이 읽기 불편할 정도의 맞춤법과 띄어쓰기는 현대 표준어 규정에 맞춰 수정했지만, 시인의 작품성을 훼손하지 않기 위해 표준어 규정에 어긋나는 부분이 있어도 그대로 살린 경우도 있습니다.

# 백록담

# 1

# 장수산 1

벌목정정(伐木丁丁) 이랬거니 아람도리 큰 솔이 베혀짐즉도 하이 골이 울어 멩아리* 소리 쩌르렁 돌아옴즉도 하이 다람쥐도 좇지 않고 뫼새도 울지 않어 깊은 산 고요가 차라리 뼈를 저리우는데 눈과 밤이 조히**보담 희고녀! 달도 보름을 기다려 흰 뜻은 한밤 이 골을 걸음이란다? 웃절 중이 여섯 판에 여섯 번 지고 웃고 올라간 뒤 조찰히*** 늙은 사나이의 남긴 내새를 줍는다? 시름은 바람도 일지 않는 고요에 심히 흔들리우노니 오오 견디란다 차고 올연(兀然)히 슬픔도 꿈도 없이 장수산 속 겨울 한밤내-

* 멩아리 : 메아리
** 조히 : 종이
*** 조찰히 : 조출히

# 장수산 2

풀도 떨지 않는 돌산이오 돌도 한 덩이로 열두 골을 고비고비 돌았세라 찬 하늘이 골마다 따로 씌우었고 어름*이 굳이 얼어 드딤돌이 믿음즉 하이 꿩이 기고 곰이 밟은 자옥에 나의 발도 놓이노니 물소리 귀또리**처럼 즉즉(喞喞)하놋다 피락 마락 하는 햇살에 눈 우에 눈이 가리어 앉다 흰 시울*** 알에**** 흰 시울이 눌리어 숨쉬는다 온 산중 나려앉는 휙진***** 시울들이 다치지 안히! 나도 내던져 앉다 일즉이 진달래 꽃그림자에 붉었던 절벽(絶壁) 보이한 자리 우에!

* 어름 : 얼음
** 귀또리 : 귀뚜라미
*** 시울 : 약간 굽거나 휜 부분의 가장자리
**** 알에 : 아래에
***** 휙진 : 두드러지는

# 백록담

1

절정(絶頂)에 가까울수록 뻑국채 꽃키가 점점 소모된다. 한마루 오르면 허리가 스러지고 다시 한마루 우에서 모가지가 없고 나종에는 얼골만 갸옷 내다본다. 화문(花紋)처럼 판박힌다. 바람이 차기가 함경도 끝과 맞서는 데서 뻑국채 키는 아조 없어지고도 팔월 한철엔 흩어진 성진(星辰)처럼 난만(爛漫)하다. 산그림자 어둑어둑하면 그러지 않어도 뻑국채 꽃밭에서 별들이 켜든다. 제자리에서 별이 옮긴다. 나는 여기서 기진했다.

2

암고란(巖古蘭), 환약(丸藥)같이 어여쁜 열매로 목을 축이고 살어 일어섰다.

3

백화(白樺) 옆에서 백화가 촉루(髑髏)가 되기까지 산다. 내가 죽어 백화처럼 휠 것이 숭없지 않다.

4

귀신도 쓸쓸하여 살지 않는 한 모롱이, 도체비꽃이 낮에도 혼자 무서워 파랗게 질린다.

5

바야흐로 해발 육천 척 우에서 마소가 사람을 대수롭게 아니 여기고 산다. 말이 말끼리 소가 소끼리, 망아지가 어미소를 송아지가 어미말을 따르다가 이내 헤어진다.

6

첫 새끼를 낳노라고 암소가 몹시 혼이 났다. 얼결에 산길 백 리를 돌아 서귀포로 달어났다. 물도 마르기 전에 어미를 여인 송아지는 움매- 움매- 울었다. 말을 보고도 등산객을 보고도 마고 매여 달렸다. 우리 새끼들도 모색(毛色)이 다른 어미한틔 맡길 것을 나는 울었다.

7

풍란(風蘭)이 풍기는 향기, 꾀꼬리 서로 부르는 소리, 제주 휘파람새 휘파람부는 소리, 돌에 물이 따로 구르는 소리, 먼 데서 바다가 구길때 솨- 솨- 솔소리, 물푸레 동백 떡갈나무 속에서 나는 길을 잘못 들었다가 다시 칡넌출 기어간 흰돌바기* 고부랑길로 나섰다. 문득 마조친 아롱점말이 피하지 않는다.

8

고비 고사리 더덕순 도라지꽃 취 삿갓나물 대풀 석이(石茸) 별과 같은 방울을 달은 고산식물을 새기며 취하며 자며 한다. 백록담 조찰한 물을 그리어 산맥 우에서 짓는 행렬이 구름보다 장엄하다. 소나기 놋낫** 맞으며 무지개에 말리우며 궁둥이에 꽃물 이겨 붙인 채로 살이 붓는다.

9

가재도 기지 않는 백록담 푸른 물에 하늘이 돈다. 불구에 가깝도록 고단한 나의 다리를 돌아 소가 갔다. 좇겨온 실구름 일말(一抹)에도 백록담은 흐리운다. 나의 얼골에 한나절 포긴 백록담은 쓸쓸하다. 나는 깨다 졸다 기도(祈禱)조차 잊었더니라.

* 흰 돌바기 : 흰 돌 박힌

** 놋낫 : 빗발이 굵고 곧게 뻗치며 내리 쏟아지는 모양

# 비로봉

담장이
물 들고,

다람쥐 꼬리
숱이 짙다.

산맥 우의
가을 길-

이마 바르히
해도 향그롭어

지팡이
자진 마짐*

흰 들이
우놋다.**

백화 홀홀
허울 벗고,

꽃 옆에 자고
이는 구름,

바람에
아시우다.***

* 자진 마짐 : 자주 디디는 모양
** 우놋다 : 우는구나
*** 아시우다 : 빼앗기다

# 구성동(九城洞)

골작에는 흔히
유성(流星)이 묻힌다.

황혼에
누뤼*가 소란히 쌓이기도 하고,

꽃도
귀향 사는 곳,

절터드랬는데
바람도 모이지 않고

산 그림자 설핏하면
사슴이 일어나 등을 넘어간다

* 누뤼 : 우박

# 옥류동

골에 하늘이
따로 트이고,

폭포 소리 하잔히*
봄우뢰를 울다.

날가지 겹겹이
모란 꽃잎 포기이는듯.

자위 돌아** 사폿*** 질듯
위태로이 솟은 봉오리들.

골이 속 속 접히어 들어
이내(晴嵐)가 새포롬 서그럭거리는 숫도림.****

꽃가루 묻힌 양 날아올라
나래 떠는 해.

보랏빛 햇살이
폭(幅)지어 빗겨 걸치이매,

기슭에 약초들의
소란한 호흡!

들새도 날러들지 않고
신비가 한끗 저자 선 한낮.

물도 젖여지지 않어
흰 돌 우에 따로 구르고,

닦어 스미는 향기에
길초마다 옷깃이 매워라.

귀또리도
흠식한 양*****

옴직
아니 긴다.

* 하잔히 : 잔잔하고 한가로이
** 자위 돌아 : 무거운 물건이 붙박이로 놓여 있던 자리를 빙 돌아나가다.
*** 사풋 : 소리가 거의 나지 않을 정도로 발을 가볍게 내딛는 소리
**** 도림 : 사람이 별로 가지 않는 외진 곳
***** 흠식한 양 : 흠칫 놀란 양

# 조찬(朝餐)

햇살 피어
이윽한 후,

머흘 머흘
골을 옮기는 구름.

길경(桔梗)* 꽃봉오리
흔들려 씻기우고.

차돌부터
촉 촉 죽순 돋듯.

물소리에
이가 시리다.

얐음새 갈히여
양지 쪽에 쪼그리고,

서러운 새 되어
흰 밥알을 쫏다.

* 길경(桔梗) : 도라지

# 비

돌에
그늘이 차고,

따로 몰리는
소소리바람.

앞섰거니 하야
꼬리 치날리여 세우고,

종종 다리 깟칠한
산새 걸음걸이.

여울 지여
수척한 흰 물살,

갈갈히
손가락 펴고.

멎은 듯
새삼 듣는* 비낱**

붉은 잎 잎
소란히 밟고 간다.

* 듣는 : 떨어지는
** 비낱 : 비의 낱낱으로 빗방울 하나하나

# 인동차

노주인의 장벽(腸壁)에
무시로 인동(忍冬) 삼긴 물이 나린다.

자작나무 덩그럭 불이
도로 피여 붉고,

구석에 그늘지여
무가 순 돋아 파릇하고,

흙냄새 훈훈히 김도 사리다가
바깥 풍설(風雪) 소리에 잠착하다.*

산중에 책력(冊曆)도 없이
삼동(三冬)이 하이얗다.

* 잠착하다 : '참척하다'로 한 가지 일에 정신을 쏟아 다른 생각이 없다.

# 붉은 손

어깨가 둥글고
머릿단이 칠칠히,
산에서 자라거니
이마가 알빛같이 희다.

검은 버선에 흰 볼을 받아 신고
산과일처럼 얼어 붉은 손,
길 눈을 헤쳐
돌 틈에 트인 물을 따내다.

한줄기 푸른 연기 올라
지붕도 햇살에 붉어 다사롭고,
처녀는 눈 속에서 다시
벽오동(碧梧桐) 중허리 파릇한 냄새가 난다.

수집어 돌아앉고, 철 아닌 나그네 되어,

서려오르는 김에 낯을 비추우며

돌 틈에 이상하기 하늘 같은 샘물을 기웃거리다.

# 꽃과 벗

석벽(石壁) 깎아지른
안돌이 지돌이,*
한나절 기고 돌았기
이제 다시 아슬아슬 하고나.

일곱 걸음 안에
벗은, 호흡이 모자라
바위 잡고 쉬며 쉬며 오를 제,
산꽃을 따,
나의 머리며 옷깃을 꾸미기에,
오히려 바빴다.

나는 번인(蕃人)처럼 붉은 꽃을 쓰고,
약하야 다시 위엄스런 벗을
산길에 따르기 한결 즐거웠다.

새소리 끊인 곳,
흰 돌 이마에 회돌아서는 다람쥐 꼬리로
가을이 짙음을 보았고,

가까운 듯 폭포가 하잔히 울고,
멧아리 소리 속에
돌아져 오는
벗의 불음이 더욱 고왔다.

삽시 엄습해 오는
비낱을 피하야,
짐승이 버리고 간 석굴을 찾어들어,
우리는 떨며 주림을 의논하였다.

백화가지 건너
짙푸르러 찡그린 먼 물이 오르자,
꼬아리** 같이 붉은 해가 잠기고,

이제 별과 꽃 사이
길이 끊어진 곳에
불을 피고 누웠다.

낙타털 케트***에
구기인 채
벗은 이내 나비같이 잠들고,

높이 구름 우에 올라,
나릇이 잡힌 벗이 도로혀****
아내같이 여쁘기에,
눈 뜨고 지키기 싫지 않었다.

* 안돌이 지돌이 : 바위를 안고 도는 곳과 지고 도는 곳
** 꼬아리 : '꽈리'의 변형
*** 케트 : 키트(Kit)
**** 도로혀 : 도리어

# 폭포

산골에서 자란 물도
돌베람빡* 낭떠러지에서 겁이 났다.

눈뎅이 옆에서 졸다가
꽃나무 알로 우정 돌아

가재가 기는 골작
죄그만 하늘이 갑갑했다.

갑자기 호숩어질랴니**
마음 조일 밖에.

흰 발톱 갈갈이
앙징스레도 할퀸다.

어쨌던 너무 재재거린다.
나려질리자 쫄뻿 물도 단번에 감수했다.

심심산천에 고사리밥
모조리 졸리운 날

송홧가루
노랗게 날리네.

산수 따러 온 신혼 한 쌍
앵두같이 상기했다.

돌뿌리 뾰죽 뾰죽 무척 고부라진 길이
아기자기 좋아라 왔지!

하인리히 하이네적부터
동그란 오오 나의 태양도

겨우 끼리끼리의 발꿈치를
조롱조롱 한나절 따라왔다.

산간에 폭포수는 암만해도 무서워서
긔염 긔염*** 기며 나린다.

* 돌베람빡 : 돌벼랑
** 호숩어질라니 : 떨어지려니
*** 긔염 긔염 : 기어가는 동작

## 온정(溫井)

그대 함께 한나절 벗어나온 그 머흔* 골작이 이제 바람이 차지하는다 앞 나무의 곱은 가지에 걸리어 바람 부는가 하니 창을 바로 치놋다** 밤 이윽자 화롯불 아쉬워지고 촛불도 추위 타는 양 눈썹 아사리느니*** 나의 눈동자 한밤에 푸르러 누은 나를 지키는다 푼푼한 그대 말씨 나를 이내 잠들이고 옮기셨는다 조찰한 벼개로 그대 예시니**** 내사 나의 슬기와 외롬을 새로 고를밖에! 땅을 쪼기고 솟아 고이는 태고로 한양 더운 물 어둠 속에 홀로 지적거리고 성긴 눈이 별도 없는 거리에 날리어라.

* 머흔 : 험난하고 사나운
** 치놋다 : 치는구나
*** 아사리느니 : 움츠러들며 떨다.
**** 예시니 : 가시니

# 삽사리

그날 밤 그대의 밤을 지키든 삽사리 괴임즉도 하이 짙은 울가시 사립 굳이 닫히었거니 덧문이오 미닫이오 안의 또 촛불 고요히 돌아 환히 새우었거니 눈이 치로 쌓인 고샅길 인기척도 아니하였거니 무엇에 후젓허든 맘 못 뇌히길래 그리 짖었드라니 어름 알로 잔돌 사이 뚫로라 죄죄대든 개울 물소리 기어들세라 큰 봉을 돌아 둥그레 둥굿이 넘쳐오든 이윽달도 선뜻 나려 설세라 이저리 서대든* 것이러냐 삽사리 그리 굴음즉도 하이 내사 그댈 새레 그대 것엔들 닿을 법도 하리 삽사리 짖다 이내 허울한 나룻 도사리고 그대 벗으신 고운 신이마 위하며 자드니라.

* 이저리 서대든 : 왔다 갔다 하며 나대던

# 나비

시키지 않은 일이 서둘러 하고 싶기에 난로에 싱싱한 물푸레 갈어 지피고 등피 호 호 닦어 끼우어 심지 튀기니 불꽃이 새록 돋다 미리 떼고 걸고 보니 캘린더 이튿날 날짜가 미리 붉다 이제 차츰 밟고 넘을 다람쥐 등솔기같이 구브레 벋어나갈 연봉(連峯) 산맥 길 우에 아슬한 가을 하늘이여 초침 소리 유달리 뚝딱거리는 낙엽 벗은 산장(山莊) 밤 창유리까지에 구름이 드뉘니 후 두 두 두 낙수 짓는 소리 크기 손바닥 만한 어인 나비가 따악 붙어 들여다 본다 가엾어라 열리지 않는 창 주먹 쥐어 징징 치니 날을 기식(氣息)도 없이 네 벽이 도로혀 날개와 떤다 해발 오천 척 우에 떠도는 한 조각 비 맞은 환상 호흡하노라 서툴리 붙어 있는 이 자재화(自在畫) 한 폭은 활 활 불 피어 담기어 있는 이상스런 계절이 몹시 부러웁다 날개가 찢어진 채 검은 눈을 잔나비처럼 뜨지나 않을까 무서워라 구름이 다시 유리에 바위처럼 부서지며 별도 휩쓸려 나려가 산 아래 어느 마을 우에 총총하뇨 백화숲 회부옇게 어정거리는 절정(絶頂) 부유스름하기 황혼 같은 밤.

# 진달래

한 골에서 비를 보고 한 골에서 바람을 보다 한 골에 그늘 딴 골에 양지 따로따로 갈어 밟다 무지개 햇살에 빗걸린* 골 산벌 떼 두름박지어 위잉위잉 두르는 골 잡목수풀 누릇 붉읏 어우러진 속에 감초혀 낮잠 듭신 칡범 냄새 가장자리를 돌아 어마어마 기어 살어 나온 골 상봉(上峰)에 올라 별보다 깨끗한 돌을 드니 백화가지 우에 하도 푸른 하늘…… 포르르 풀매…… 온 산중 홍엽(紅葉)이 수런수런거린다 아랫절 불 켜지 않은 장방에 들어 목침을 달쿠어 발바닥 꼬아리를 슴슴 지지며 그제사 범의 욕을 그놈 저놈 하고 이내 누웠다 바로 머리맡에 물소리 흘리며 어느 한 곬으로 빠져나가다가 난데없는 철 아닌 진달래 꽃사태를 만나 나는 만신(萬身)을 붉히고 서다.

* 빗걸린 : 비스듬하게 걸리다.

# 호랑나비

화구(畫具)를 메고 산을 첩첩 들어간 후 이내 종적이 묘연하다 단풍이 이울고 봉(峯)마다 찡그리고 눈이 날고 영(嶺) 우에 매점(賣店)은 덧문 속문이 닫히고 삼동내- 열리지 않었다 해를 넘어 봄이 짙도록 눈이 처마와 키가 같었다 대폭(大幅) 캔버스 우에는 목화송이 같은 한 떨기 지난해 흰 구름이 새로 미끄러지고 폭포 소리 차츰 불고 푸른 하늘 되돌아서 오건만 구두와 안신이 나란히 놓인 채 연애(戀愛)가 비린내를 풍기기 시작했다 그날 밤 집집 들창마다 석간(夕刊)에 비린내가 끼치었다 박다(博多) 태생 수수한 과부 흰 얼골이사 회양(淮陽) 고성(高城) 사람들끼리에도 익었건만 매점 바깥주인 된 화가는 이름조차 없고 송홧가루 노랗고 뻑 뻑국 고비 고사리 고부라지고 호랑나비 쌍을 지어 훨 훨 청산(靑山)을 넘고.

# 예장(禮裝)

'모오닝코오트'에 예장을 갖추고 대만물상(大萬物相)에 들어간 한 장년 신사가 있었다 구만물(舊萬物) 우에서 알로 나려뛰었다 웃저고리는 나려 가다가 중간 솔가지에 걸리어 벗겨진 채 와이샤쓰 바람에 넥타이가 다칠세라 납족이 엎드렸다 한겨울 내- 흰 손바닥 같은 눈이 나려와 덮어 주곤 주곤 하였다. 장년이 생각하기를 「숨도 아이에 쉬지 않어야 춥지 않으리라」고 주검다운 의식을 갖추어 삼동내- 부복(俯伏)하였다 눈도 희기가 겹겹이 예장같이 봄이 짙어서 사라지다.

# 백록담

## Ⅱ

# 선취(船醉)

해협이 일어서기로만 하니깐
배가 한사코 기어오르다 미끄러지곤 한다.

괴롬이란 참지 않어도 겪어지는 것이
주검이란 죽을 수 있는 것 같이.

뇌수(腦髓)가 튀어나올랴고 지긋지긋 견딘다.
꼬꼬댁 소리도 할 수 없이

얼빠진 장닭처럼 건들거리며 나가니
갑판은 거북등처럼 뚫고 나가는데 해협이 업히랴고만 한다.

젊은 선원이 숫제 하-모니카를 불고 섰다.
바다의 삼림에서 태풍이나 만나야 감상(感傷)할 수 있다는 듯이 암만 가려 드딘대도 해협은 자꾸 꺼져 들어간다.
수평선이 없어진 날 단말마의 신혼여행이여!

오즉 한낱 의무(義務)를 찾어내어 그의 선실로 옮기다.
기도도 허락되지 않는 연옥에서 심방(尋訪)하랴고

계단을 나리랴니깐
계단이 올라온다.

도어를 부둥켜안고 기억할 수 없다.
하늘이 죄어들어 나의 심장을 짜노라고

영양(令孃)은 고독도 아닌 슬픔도 아닌
올빼미같은 눈을 하고 체모에 기고 있다.

애련을 베풀가 하면
즉시 구토가 재촉된다.

연락선에는 일체로 간호(看護)가 없다.
징을 치고 뚜우 뚜우 부는 외에

우리들의 짐짝 트렁크에 이마를 대고
여덟 시간 내- 간구(懇求)하고 또 울었다.

# 유선애상(流線哀傷)

생김생김이 피아노보담 낫다.
얼마나 뛰어난 연미복(燕尾服) 맵시냐.

산뜻한 이 신사를 아스팔트 우로 곤돌라인듯
몰고들 다니길래 하도 딱하길래 하로 청해왔다.

손에 맞는 품이 길이 아조 들었다.
열고 보니 허술히도 반음(半音) 키-가 하나 남었더라.

줄창 연습을 시켜도 이건 철로판에서 밴 소리로구나.
무대로 내보낼 생각을 아예 아니했다.

애초 달랑거리는 버릇 때문에 궂인날 막잡어부렸다.
함초롬 젖여 새초롬하기는새레 회회 떨어 다듬고 나선다.

대체 슬퍼하는 때는 언제길래
아장아장 팩팩거리기가 위주냐.

허리가 모조리 가느래지도록 슬픈 행렬에 끼어
아조 천연스레 굴든 게 옆으로 솔쳐나자-*

춘천(春川) 삼백 리 벼룻길을 냅다 뽑는데
그런 상장(喪章)을 두른 표정은 그만하겠다고 꽥- 꽥-

몇 킬로 휘달리고나서 거북처럼 흥분한다.
징징거리는 신경 방석 우에 소스듬** 이대로 견딜 밖에.

쌩쌩이 날러오는 풍경들을 뺨으로 헤치며
내처 살폿 엉긴 꿈을 깨어 진저리를 쳤다.

어느 화원으로 꾀어내어 바늘로 찔렀더니만
그만 호접(蝴蝶)같이 죽드라.

* 솔쳐나자 : 빠져나오자
** 소스듬 : 그런대로 잠깐

# 백록담

# Ⅲ

# 춘설(春雪)

문 열자 선뜻!
먼 산이 이마에 차라.

우수절(雨水節) 들어
바로 초하루 아츰,

새삼스레 눈이 덮힌 뫼뿌리와
서늘옵고 빛난 이마받이하다.

어름 금 가고 바람 새로 따르거니
흰 옷고름 절로 향기롭워라.

옹숭거리고 살어난 양이
아아 꿈 같기에 설어라.

미나리 파릇한 새순 돋고
옴직 아니 기던 고기 입이 오물거리는,

꽃 피가 전 철 아닌 눈에
핫옷* 벗고 도로 칩고** 싶어라.

* 핫옷 : 솜을 넣은 겨울옷
** 칩고 : 춥고

# 소곡(小曲)

물새도 잠들어 깃을 사리는
이 아닌 밤에,

명수대(明水臺) 바위 틈 진달래꽃
어찌면 타는 듯 붉으뇨.

오는 물, 기는 물,
내쳐 보내고, 헤어질 물

바람이사 애초 못 믿을 손,
입 맞추곤 이내 옮겨가네.

해마다 제철이면
한 등걸에 핀다기소니,

들새도 날러와
애닯다 눈물짓는 아츰엔,

이울어 하롱하롱 지는 꽃잎,
설지 않으랴, 푸른 물에 실려가기,

아깝고야, 아기자기
한창인 이 봄밤을,

촛불 켜들고 밝히소.
아니 붉고 어찌료.

# 백록담

IV

# 파라솔

연잎에서 연잎 내가 나듯이
그는 연잎 냄새가 난다.

해협을 넘어 옮겨다 심어도
푸르리라, 해협이 푸르듯이.

불시로 상기되는 뺨이
성이 가시다, 꽃이 스사로 괴롭듯.

눈물을 오래 어리우지 않는다.
윤전기 앞에서 천사처럼 바쁘다.

붉은 장미 한 가지 고르기를 평생 삼가리,
대개 흰 나리꽃으로 선사한다.

원래 벅찬 호수에 날러들었던 것이라
어차피 헤기는 헤어 나간다.

학예회 마지막 무대에서
자폭(自暴)스런 백조인 양 홍청거렸다.

부끄럽기도 하나 잘 먹는다.
끔직한 비-프스테이크 같은 것도!

오피스의 피로에
태엽처럼 풀려왔다.

램프에 갓을 씌우자
도어를 안으로 잠갔다.

기도(祈禱)와 수면의 내용을 알 길이 없다.
포효하는 검은 밤, 그는 조란(鳥卵)처럼 희다.

구기어지는 것 젖는 것이
아조 싫다.

파라솔같이 채곡* 접히기만 하는 것은
언제든지 파라솔같이 펴기 위하야-

* 채곡 : 차곡

# 별

창을 열고 눕다.
창을 열어야 하늘이 들어오기에.

벗었던 안경을 다시 쓰다.
일식이 개이고 난 날 밤 별이 더욱 푸르다.

별을 잔치하는 밤
흰 옷과 흰 자리로 단속하다.

세상에 아내와 사랑이란
별에서 치면 지저분한 보금자리.

돌아누워 별에서 별까지
해도(海圖)없이 항해하다.

별도 포기포기 솟았기에
그중 하나는 더 훡지고

하나는 갓 낳은 양
여릿 여릿 빛나고

하나는 발열하야
붉고 떨고

바람엔 별도 쓸리다
회회 돌아 살어나는 촛불!

찬물에 씻기어
사금(砂金)을 흘리는 은하!

마스트* 알로 섬들이 항시 달려 왔었고
별들은 우리 눈썹기슭에 아스름 항구가 그립다.

대웅성좌(大熊星座)가
기웃이 도는데!

청려(淸麗)한 하늘의 비극에
우리는 숨소리까지 삼가다.

이유는 저세상에 있을지도 몰라
우리는 제마다 눈감기 싫은 밤이 있다.

잠재기 노래 없이도
잠이 들다.

* 마스트 : 돛대

# 슬픈 우상

이 밤에 안식(安息)하시옵니까.
내가 홀로 속엣 소리로 그대의 기거를 문의할 삼어도 어찌 홀한 말로 붙일 법도 한 일이오니까.

무슨 말씀으로나 좀 더 높일 만한 좀 더 그대께 마땅한 언사(言辭)가 없사오리까.

눈감고 자는 비둘기보담도, 꽃그림자 옮기는 겨름에 여미며 자는 꽃봉오리보담도, 어여삐 자시올 그대여!

그대의 눈을 들어 풀이하오리까.
속속들이 맑고 푸른 호수가 한 쌍.
밤은 함폭 그대의 호수에 깃들이기 위하야 있는 것이오리까.
내가 감히 금성(金星) 노릇하야 그대의 호수에 잠길 법도 한 일이오리까.

단정히 여미신 입시울,* 오오, 나의 예가 혹시 흩으러질까 하야 다시 가다듬고 풀이하겠나이다.

여러 가지 연유가 있사오나 마침내 그대를 암표범처럼 두리고** 엄위(嚴威)롭게 우러르는 까닭은 거기 있나이다.

아직 남의 자최가 놓이지 못한, 아직도 오를 성봉(聖峯)이 남어 있으랑이면, 오직 하나일 그대의 눈(雪)에 더 희신 코, 그러기에 불행하시게도 계절이 난만(爛熳)할지라도 항시 고산식물의 향기 외에 맡으시지 아니하시옵니다.

경건히도 조심조심히 그대의 이마를 우러르고 다시 빰을 지나 그대의 흑단빛 머리에 겨우겨우 숨으신 그대의 귀에 이르겠나이다.

희랍에도 이오니아 바닷가에서 본 적도 한 조개껍질, 항시 듣기 위한 자세이었으나 무엇을 들음인지 알 리 없는 것이었나이다.

기름같이 잠잠한 바다, 아조 푸른 하늘, 갈매기가 앉어도 알 수 없이 흰 모래, 거기 아모것도 들릴 것을 찾지 못한 적에 조개껍질은 한갈로*** 듣는 귀를 잠착히 열고 있기에 나는 그때부터 아조 외로운 나그네인 것을 깨달었나이다.

마침내 이 세계는 비인 껍질에 지나지 아니한 것이, 하늘이 쓰이우고 바다가 돌고 하기로소니 그것은 결국 딴 세계의 껍질에 지나지 아니하였습니다.

조개껍질이 잠착히 듣는 것이 실로 다른 세계의 것이었음에 틀림없었거니와 내가 어찌 서럽게 돌아서지 아니할 수 있었겠습니까.

바람소리도 아모 뜻을 이루지 못하고 그저 겨우 어룰한 소리로 떠돌아다닐 뿐이었습니다.

그대의 귀에 가까이 내가 방황할 때 나는 그저 외로이 사라질 나그네에 지나지 아니하옵니다.

그대의 귀는 이 밤에도 다만 듣기 위한 맵시로만 열리어 계시기에!

이 소란한 세상에서도 그대의 귓기슭을 둘러 다만 주검같이 고요한 이오니아 바다를 보았음이로소이다.

이제 다시 그대의 깊고 깊으신 안으로 감히 들겠나이다.

심수한 바다 속속에 온갖 신비로운 산호를 간직하듯이 그대의 안에 가지가지 귀하고 보배로운 것이 가초아 계십니다.

먼저 놀라올 일은 어찌면 그렇게 속속드리 좋은 것을 지니고 계신 것이옵니까.

심장, 얼마나 진기한 것이옵니까.

명장(明匠) 희랍의 손으로 탄생한 불세출의 걸작인 뮤-즈로도 이 심장을 차지 못하고 나온 탓으로 마침내 미술관에서 슬픈 세월을 보내고 마는 것이겠는데 어찌면 이러한 것을 가지신

것이옵니까.

생명의 성화를 끊임없이 나르는 백금보다도 값진 도가니인가 하오면 하늘과 땅의 유구한 전통인 사랑을 모시는 성전인가 하옵니다.

빛이 항시 농염하게 붉으신 것이 그러한 증좌로소이다.

그러나 간혹 그대가 세상에 향하사 창을 열으실 때 심장은 수치를 느끼시기 가장 쉬웁기에 영영 안에 숨어버리신 것이로소이다.

그 외에 폐는 얼마나 화려하고 신선한 것이오며 간과 담은 얼마나 요염하고 심각하신 것이옵니까.

그러나 이들을 지나치게 빛깔로 의논할 수 없는 일이옵니다.

그 외에 그윽한 골 안에 흐르는 시내요 신비한 강으로 풀이할 것도 있으시오나 대강 섭렵하야 지나옵고,

해가 솟는 듯 달이 뜨는 듯 옥토끼가 조는 듯 뛰는 듯 미묘한 신축(伸縮)과 만곡(彎曲)을 갖은 적은 언덕으로 비유할 것도 둘이 있으십니다.

이러이러하게 그대를 풀이하는 동안에 나는 미궁에 든 낯선 나그네와 같이 그만 길을 잃고 허매겠나이다.

그러나 그대는 이미 모이시고 옴치시고 마련되시고 배치와 균형이 완전하신 한 덩이로 계시어 상아와 같은 손을 여미시고 발을 고귀하게 포기시고 계시지 않습니까.

그러고 지혜와 기도와 호흡으로 순수하게 통일하셨나이다.

그러나 완미(完美)하신 그대를 풀이하올 때 그대의 위치와 주위를 또한 반성치 아니할 수 없나이다.

거듭 말씀이 번거로우나 원래 이 세상은 비인 껍질같이 허탄하온대 그중에도 어찌하사 고독의 성사(成舍)를 차정(差定)하여 계신 것이옵니까.

그러고도 다시 명철한 비애로 방석을 삼어 누워 계신 것이옵니까.

이것이 나로는 매우 슬픈 일이기에 한밤에 짓지도 못하올 암담한 삽살개와 같이 창백한 찬 달과 함께 그대의 고독한 성사를 돌고 돌아 수직(守直)하고 탄식하나이다.

불길한 예감에 떨고 있노니 그대의 사랑과 고독과 정진으로 인하야 그대는 그대의 온갖 미와 덕과 화려한 사지(四肢)에서, 오오,

그대의 전아(典雅) 찬란한 괴체(塊體)에서 탈각(脫却)하시어 따로 따기실 아츰이 머지않어 올까 하옵니다.

그날 아츰에도 그대의 이오니아 바닷가의 흰 조개껍질같이 역시 듣는 맵시로만 열고 계시겠습니까.

흰 나리꽃으로 마지막 장식을 하여드리고 나도 이 이오니아 바닷가를 떠나겠습니다.

* 입시울 : 입술의 방언. 입술의 옛말
** 두리고 : 두려워하고
*** 한갈로 : 한결같이

# 백록담

# V

# 이목구비

사나운 짐승일수록 코로 맡는 힘이 날카로워 우리가 아모런 냄새도 찾어내지 못할 적에도 셰퍼-드란 놈은 별안간 씩씩거리며 제 꼬리를 제가 물고 뺑뺑이를 치다시피 하며 땅을 호비어 파며 짖으며 달리며 하는 꼴을 보면 워낙 길들은 짐승일지라도 지겹고 무서운 생각이 든다. 이상스럽게는 눈에 보이지 아니하는 도적을 맡어내는 것이다. 설령 도적이기로소니 도적놈 냄새가 따로 있을게야 있느냐 말이다. 딴 골목에서 제 홀로 꼬리를 치는 암놈의 냄새를 만나도 보기 전에 맡아내며 설레고 낑낑거린다면 그것은 혹시 몰라 그럴싸한 일이니 견주어 말하기에 예(醴)답지 못하나마 사람끼리에도 그만한 후각은 설명할 수 있지 아니한가. 도적이나 범죄자의 냄새란 대체 어떠한 것일까. 사람이 죄로 인하야 육신이 영향을 입는다는 것은 체온이나 혈압이나 혹은 신경작용이나 심리현상으로 세밀한 의논을 할 수 있을 것이나 직접 농후한 악취를 발한대서야 견딜 수 있는 일이냐 말이다. 예전 성인의 말씀에 죄악을 범한 자의 영혼은 문둥병자의 육체와 같이 부패하여 있다 하였으니 만일 영혼을 직접 냄새로 맡을 수만 있다면 그야말로 견디어 내지 못할 별별 악취가 다 있을 것이니 이쯤 이야기하여 오는 동안에도 어쩐지 몸이 군시럽고 징그러워진다. 다행히 후각이란 그렇게 예민한 것으로 되지 않었기에 서로 연애나 약혼도 할 수 있고 예를 갖추어 현구고*도 할 수도 있고 자진하여 손님 노릇하러 가서 융숭한 대접도 받을 수 있고 러시아워 전차 속에서도 그저 견딜 만하고 중대한 의사를 끝까지 진행하게 되는 것이 아니었던가. 더욱이 다행한 일은 약간의 경찰범 이외에는 셰퍼-드란 놈에게 쫓길 리 없이 대개는 물리어죽지 않고 지나온 것이다. 그러나 사람으로 말하면 그의 후각의 불완전함으로 인하야 고식지계(姑息之計)를 이어 나가거니와 순수한 영혼으로만 존재한 천사로 말하면 헌 누더기같은 육체를 갖지 않고 초자연적 영각(靈覺)과 지혜를 갖추었기에 사람의 영혼상태를 꿰뚫어 간섭하기를 햇빛이 유리를 지나듯 할 것이다. 위태한 호숫가로 달리는 어린아이 뒤에 바로 천사가 따러 보호하는 바에야 죄악의 절벽으로 달리는 우리 영혼 뒤에 어찌 천사가 애타하고 슬퍼하지 않겠는가. 물고기는 부패하랴는 즉시부터 벌써 냄새가 다르다. 영혼이 죄악을 계획하는 순간에 천사는 코를 막고 찡그릴

것이 분명하다. 세상에 셰퍼-드를 경계할 만한 인사는 모름지기 천사를 두려워하고 사랑할 것이어니 그대가 이 세상에 떨어지자 하늘에 별이 하나 새로 솟았다는 신화를 그대는 무슨 이유로 믿을 수 있을 것이냐. 그러나 그대를 항시 보호하고 일깨우기 위하야 천사가 따른다는 신앙을 그대는 무슨 이론으로 거부할 것인가. 천사의 후각이 햇빛처럼 섬세하고 또 신속하기에 우리의 것은 훨석 무디고 거칠기에 우리는 도로혀 천사가 아니었던 행복을 누릴 수 있는 것이었으니 이 세상에 거룩한 향내와 깨끗한 냄새를 가리어 맡을 수 있는 것이니 오월 달에도 목련화 아래 설 때 우리의 오관(五官)을 얼마나 황홀히 조절할 수 있으며 장미의 진수를 뽑아 몸에 지닐 만하지 아니한가. 셰퍼-드란 놈은 목련의 향기를 감촉하는 것 같이도 아니하니 목련화 아래서 그놈의 아모런 표정도 없는 것을 보아도 짐작할 것이다. 대개 경찰범이나 암놈이나 고깃덩이에 날카로울 뿐인 것이 분명하니 또 그리고 그러한 등속의 냄새를 찾어낼 때 그놈의 소란한 동작과 황당한 얼골 짓을 보기에 우리는 적이 괴롬을 느낄 수밖에 없다. 사람도 혹시는 부지중 그러한 세련되지 못한 표정을 숨기지 못할 적이 없으란 법도 없으니 불시로 침입하는 냄새가 그렇게 요염한 때이다. 그러기에 인류의 얼골을 다소 장중히 보존하여 불시로 초조히 흐트러짐을 항시 경계할 것이요 이목구비를 고르고 삼갈 것이로다.

* 현구고 : 새로 시집온 여자가 폐백을 가지고 처음으로 뵙는 것

# 예양(禮讓)

전차에서 나리어 바로 버스로 연락(連絡)되는 거리인데 한 십오 분 걸린다고 할지요. 밤이 이슥해서 돌아갈 때에 대개 이 버스 안에 몸을 실리게 되니 별안간 폭취(暴醉)를 느끼게 되어 얼골에서 우그럭 우그럭 하는 무슨 음향이 일든 것을 가까스로 견디며 쭈그리고 앉어 있거나 그렇지 못한 때는 갑자기 헌솜같이 피로해진 것을 깨달을 수 있는 것이 이 버스 안에서 차지하는 잠시 동안의 일입니다. 이즘은 어쩐지 밤이 늦어 교붕(交朋)과 중인(衆人)을 떠나서 온전히 제 홀로된 때 취기와 피로가 삽시간에 급습하여 오는 것을 깨닫게 되니 이것도 체질로 인(因)해서 그런 것이 아닐지요. 버스로 옮기기가 무섭게 앉을 자리를 변통해내야만 하는 것도 실상은 서서 씰리기에 견딜 수 없이 취했거나 삐친 까닭입니다. 오르고 보면 번번이 만원인데도 다행히 비집어 앉을 만한 자리가 하나 비어 있지 않었겠습니까. 손바닥을 살짝 내밀거나 혹은 머리를 잠간 굽히든지 하여서 남의 사이에 끼일 수 있는 약소(略少)한 예의를 베풀고 앉게 됩니다. 그러나 나의 피로를 잊을만 하게 그렇게 편편한 자리가 아닌 것을 알었습니다. 양옆에 완강한 젊은 골격이 버티고 있어서 그 틈에 끼워 있으랴니까 물론 편편치 못한 이유 외에 무엇이겠습니까마는 서서 쓰러지는 이보다는 끼워서 흔들리는 것이 차라리 안전한 노릇이 아니겠습니까. 만원 버스 안에 누가 약속하고 비어놓은 듯한 한 자리가 대개는 사양(辭讓)할 수 없는 행복같이 반가운 것이었습니다. 사람의 일상생활이란 이런 대수롭지 않은 일이 되풀이하는 것이 거의 전부이겠는데 이런 하치못한 시민을 위하야 버스 안에 비인 자리가 있다는 것은 말하자면 '아무것도 없다는 것보담은 겨우 있다는 것이 더 나은 것이다'라는 원리로 돌릴 만한 일이 아니겠습니까. 그래도 종시 몸짓이 불편한 것을 그대로 견디어야만 하는 것이니 불편이란 말이 잘못 표현된 말입니다. 그 자리가 내게 꼭 적합하지 않었던 것을 나종에야 알았습니다. 말하자면 동그란 구멍에 네모진 것이 끼웠다거나 네모난 구멍에 동그란 것이 걸렸을 적에 느낄 수 있는 대개 그러한 저어감(齟齬感)에 다소 초조하였던 것입니다. 그렇기로소니 한 십오 분 동안의 일이 그다지 대단한 노역이랄 것이야 있습니까. 마침내 몸을 가벼이 솔치어 빠져나와 집에까지의 어두운 골목길을 더덕더덕 걷게 되는 것이었습니다. 그 이튿날 밤에도 그때쯤 하여 버스에 오르면 그 자리가 역시 비어 있었습니다. 만원 버스 안에 자리 하나가 반드시 비어 있다는 것이나 또는 그 자리가 무슨 지정을 받은 듯이나 반드시 같은 자리요 반드시 나를 기다렸다가 앉히는 것이 이상한 일이 아닙니까. 그도 하루 이틀이 아니요 여러 밤을 두고 한 갈로 그러하니 그 자리가 나의 무슨 미신(迷信)에 가까운 숙록(宿綠)으로서거나 혹은 무슨 불측(不測)한 고장으로 누가 급격히 낙명(落名)한 자리거나 혹은 양복 궁둥이를 더럽힐 만한 무슨 실큿한 오점이 있어서거나 그렇게 의심쩍게 생각되는데 아모리 들여다보아야 무슨 혈흔 같은 것도 붙지 않었습니다. 하도 여러 날 밤 같은 현상을 되풀이하기에 인제는 버스에 오르자 꺼어멓게 비어있는 그 자리가 내가 끌리지 아니치 못할 무슨 검은 운명과 같이 보히어 실큿한 대로 그대로 끌리게 되었습니다. 그러나 여러 밤을 연해 앉고 보니 자연히 자리가 몸에 맞어지며 도로혀 일종의 안이감을 얻게 된 것입니다. 그러나 더욱 괴상한 노릇은 바로 좌우에 앉은 두 사람이 밤마다 같은 사람들이었습니다. 나이가 실상 이십 안팎밖에 아니 되는 청춘남녀 한 쌍인데 나는 어느 쪽으로도 쏠릴수 없는 꽃과 같은 남녀이었습니다. 이야기가 차차 괴담에 가까워갑니다마는 그들의 의상도 무슨 환영처럼 현란한 것이었습니다. 혹은 내가 청춘과 유행에 대한 예리한 판별력을 상실한 나이가 되어 그런지는 모르겠으나 밤마다 나타나는 그들 청춘 한 쌍을 꼭 한사람들도 여길 수밖에 없습니다. 이 괴담과 같은 버스 안에 이국인과 같은 청춘남녀와 말을 바꿀 일이 없었고 말었습니다. 그러나 그 자리가 종시 불편하였던 원인을 추세하여 보면 아래같이 생각되기도 합니다.

1. 나의 양 옆에 그들은 너무도 젊고 어여뻤던 것임이 아니었던가.

2. 그들의 극상품의 비누냄새 같은 청춘의 체취에 내가 견딜 수 없었던 것이 아닐지?

3. 실상인즉 그들 사이가 내가 쪼기고 앉을 자리가 아예 아니었던 것이나 아닐지?

대개 이렇게 생각되기는 하나 그러나 사람의 앉을 자리는 어디를 가든지 정하여지는 것도 사실이지요. 늙은 사람이 결국 아랫목에 앉게 되는 것이니 그러면 그들 청춘남녀 한 쌍은 나를 위하야 버스 안에 밤마다 아랫목을 비워놓은 것이나 아니었을지요? 지금 거울 앞에서 아츰 넥타이를 매며 역시 오늘 밤에도 비어 있을 꺼어먼 자리를 보고 섰습니다.

# 비

몸이 좀 의실의실한데도 물이 차저지는 것은 떳떳한 갈증이 아닌 것을 알 수 있다.

입시울이 메마르기에 거풀이 까실까실 이른 줄도 알었다. 아픈 데가 어디냐고 하면 아픈 데는 없다고 할 수밖에 없다. 손으로 이마를 진찰하야 보았다. 알 수 없다.

이마에 대한 외과가 아닌 바에야 이마의 내과이기로소니 손바닥으로 알 수 있을 게 무어냐. 어떻게 보면 열이 있고 또 어찌 생각하면 열이 없다. 그러나 이 손바닥 진찰이 아조 무시되어 온 것도 아니다.

이 법이 본래 할머니께서 내 어린 이마에 쓰시던 법인데 이 나이가 되도록 이 법으로써 대개는 가볍게 흘리어 버리기도 하고 아스피린 따위로 타협하여 버리기도 하고 몸이 찌뿌두데한데도 불구하고 단연 부정하여버리고 항간(巷間)으로 일부러 분주히 돌아다니기도 하였다.

기숙사에서 지날 적에는 대개 펴놓인 채로 있던 이불 속으로 가축처럼 공손히 들어가 모처럼만에 흐르는 눈물이 솜 냄새에 눌리워버리기도 하였다.

대체로 손바닥 판단이 그대로 서게 되고 마는 것이었다.

오늘도 오후 두 시의 나의 우울은 나의 이마에 나의 손이 가게 되는 것이다 그러나 용이(容易)히 결정하지 아니하였다.

보리차를 생각하였다. 탁자 우에 찻종이 모조리 뒤집혀 놓인 대로 있는 놈이 하나도 없다. 놓일 대로 놓여 있음에 틀림없다. 그러나 그것은 찻종으로 차가 마시워졌다는 것밖에 아니 된다. 이것이 마신 것이로라고 바로 놓아두는 것이 한 예의로 되었다.

예의는 이에 그치고 마침내 찻종이 있는 대로 치근치근하고 지저분하고 보리 찌꺼기를 앉친 채로 있게 되는 것이다.

오늘은 날도 몹시 흐리고 음산하다. 오피스 안에는 낮불이 들어왔는데도 밝지 않다.

목멱산(木覓山) 중허리를 나려와 덮은 구름은 무슨 악의를 품은 것이 차라리 더러운 구름이다. 십일 월 들어서서 비늘 같고 자개 장식 같고 목화 피여 나가듯 하는 담담한 구름은 아니고 만다.

시계가 운다. 울곤 씨그르르…… 울곤 씨그르르…… 텁텁한 소리가 따르는 것은 저건 무슨 고장일까. 짜증이 난다.

종이 운다. 이약 종으로서 무슨 재차븐하고 으젓지 않은 소리냐. 어쨌든 유치원 이래로 여운(餘韻)을 내보지 못한 소리다. 별안간 이 관제중(管制中)에 뮛도야지 귀창이라도 찢여 헤칠 만한 격렬한 사이렌 소리를 듣고 싶다. 지저분한 공기에 새로운 진폭이 그리웁다.

약간 항분(亢奮)을 느낀다.

군데군데가 더웁다. 먼저 이마 그리고 겨드랑이 손이 마자 발열하고 보니 손이란 원래 간이(簡易)한 진찰에나 쓰는 것밖에 아니 된다.

비낱이 듣는가 했더니 제법 떨어진다.

아연판(亞鉛版)같이 무거운 하늘에서 떨어지는 비는 아연판을 치는 소리가 난다.

뿌리는 비, 날리는 비, 부으뜬 비, 붓는 비, 쏟는 비, 뛰는 비, 그저 오는 비, 허둥지둥하는 비, 촉촉 좇는 비, 쫑알거리는 비, 지나가는 비, 그러나 십일 월 비는 건너 가는 비다. 이박자 폴카춤 스텝을 밟으며. 그리하야 십일 월 비는 흔히 가욋것이 많다.

※

벌서 유리창에 날벌레 떼처럼 매달리고 미끄러지고 엉키고 또그르 궁글고 홈이 지고 한다. 매우 간이(簡易)한 풍경이다.

그러나 빗방울은 관찰을 세밀히 하게 하는 것이 아닐까. 내가 오늘 유유히 나를 고늘 수 없으니 만폭의 풍경을 앞에 펼칠 수 없는 탓이기도 하다.

빗방울을 시름없이 들여다보는 겨를에 나의 체중이 희한히 가비여웁고 슬퍼지는 것이다. 설령 누가 나의 쭉지를 핀으로 창살에 꼭 꽂아둘지라도 그대로 견딜 것이리라.

나의 인생도 그 많은 항하사(恒河沙)와 같다는 별 중에 하나로 비길 배가 아니오 한 점 빗방울로 떨고 매달린 것이 아니런가.

이것은 약간의 갈증으로 인하야 이다지 세심하여지는 것이나 아닐까. 그렇지도 아니한 것이, 뛰어나가 수도를 탁 터치어 놓을 수 있을 것이겠으나 별로 그리할 맛도 없고 구태여 물을 마시어야 할 것도 아니고 보니 나의 갈증이란 인후나 위장에 따른 것이라기보다는 순수히 신경적이거나 혹은 경미한 정도로 정신적인 것일른지도 모른다.

오피스를 벗어나왔다.

레인코오트 단추를 꼭꼭 잠그고 깃을 세워 턱아리까지 싸고 소프트로 누르고 박쥐우산 안으로 바짝 들어서서 그리고 될 수 있는 대로 가리어 드디는 것이다.

버섯이 피어오른 듯 호줄그레 늘어선 도시에서 진흙이 조금도 긴치 아니하려니와 내가 찬비에 젖어서야 쓰겠는가.

안경이 흐리운다. 나는 레인코오트 안에서 옴츠렸다. 나의 편도선을 아조 주의하야만 하겠기에, 무슨 경황에, 포올 베르렌의 슬픈 시(詩) 〈거리에 나리는 비〉를 읊조릴 수 없다.

비도 치워 우는 듯하야 나의 체열을 산산히 빼앗길 적에 나는 아무렇지도 않은 것같이 날신하여지기에 결국 아무렇지도 않다고 했다.

여마(驢馬)처럼 떨떨거리고 오는 흰 버스를 잡어탔다.

유리쪽마다 빗방울이 매달렸다.

오늘에 한해서 나는 한사코 빗방울에 걸린다.

버스는 후루룩 떨었다.

빗방울은 다시 날려와 붙는다. 나는 헤여보고 손가락으로 부벼보고 아이들처럼 고독하기 위하야 남의 체온에 끼인 대로 참한히 앉어 있어야 하겠고 남의 늘어진 긴 소매에 가리운 대로 잠착하야 하겠다.

빗방울마다 도시가 불을 켰다. 나는 심기일전하였다.

은막(銀幕)에는 봄빛이 한창 어울리었다. 호수에 물이 넘치고 금잔디에 속잎이 모다 자라고 꽃이 피고 사람의 마음을 꼬일 듯한 흙냄새에 가여운 춘희(椿姬)도 코를 대고 맡는 것이다. 미칠듯한 기쁨과 희망에 춘희는 희살대며 날뛰고 한다.

마을 앞 고목 은행나무에 꿀벌 떼가 두룸박처럼 끓어 나와 잉넝거리는 것이다. 마을사람들이 뛰어나와 이 마을 지킴 은행나무를 둘러쌓고 벌 떼 소리를 해가며 질서 없는 합창으로 뛰고 노는 것이다. 탬버-린에, 하다못해 무슨 기명 남스레기에 고끄랑나발 따위를 들고 나와 두들기며 불며 노는 것이다. 춘희는 하얀 질질 끌리는 긴 옷에 검은 띠를 띄고 쟁반을 치며 뛰는 것이다.

동네 큰 개도 나와 은행나무 아랫등에 앞발을 걸고 벌 떼를 집어삼킬 듯이 컹컹 짖어댄다.

그러나 은막에도 갑자기 비도 오고 한다. 춘희가 점점 슬퍼지고 어두어지지 아니치 못해진다. 춘희가 콩콩 기침을 할 적에 관객석에도 가벼운 기침이 유행된다. 절후(節候)의 탓으로 혹은 다감한 청춘사여(靑春士女)들의 폐첨(肺尖)에 붉고 더운 피가 부지중 몰리는 것이 아닐까. 부릇 나는 것일지도 모른다.

※

춘희는 점점 지친다. 그러나 흰나비처럼 파다거리며 흰 동백꽃에 황홀히 의지하련다. 대체로 다소 고풍스러운 슬픈 이야기라야만 실컷 슬프다.

흰 동백꽃이 아조 시들 무렵, 춘희는 점점 단념한다. 그러나 춘희의 눈물은 점점 깊고 세련된다.

은막에 나리는 비는 실로 좋은 것이었다. 젖여질 수 없는 비에 나의 슬픔은 촉촉할 대로 젖는다. 그러나 여자의 눈물이란 실로 고운 것인 줄을 알었다. 남자란 술을 가까이하야 굵을 수도 있다.

그러나 여자에 있어서는 그럴 수 없다. 여자란 눈물로 자라는 것인가 보다. 남자란 도박이나 결투로 임기응변할 수도 있다. 그러나 여자란 다만 연애에서 천재다.

동백꽃이 새로 꽂힐 때마다 춘희는 다시 산다. 그러나 춘희는 점점 소모된다. 춘희는 마침내 일가(一家)를 완성한다.

앞에 앉은 영양(令孃) 한 분이 정말 눈물을 흩으러 놓는다. 견딜 수 없이 느끼기까지 하는 것이다. 현실이란 어느 처소에서나 물론하고 처치에 인난(因難)하도록 좀 어리석은 것이기도 하고 좀 면난(面暖)하기도 한 것이다. 그래다 까르보 같은 사람도 평상시로 말하면 얼골을 항시 가다듬고 펴고 진득이 굳이 않어서는 아니될 것이다. 먹세는 남보다 골라서 할 것이겠고 실상 사람이란 자기가 타고나온 비극이 있어 남몰래 앓을 병과 같어서 속에 지녀두는 것이요 대개는 분장으로 나서는 것임에 틀림없다.

어찌하였던 내가 이 영화관에서 벗어나가게 되고 말았다.

얼마쯤 슬픔과 무게(重量)를 사 가지고.

거리에는 비가 이땟것 흐느끼고 있는데 어둠과 안개가 길에 기고 있다.

따이야가 날리고 전차가 쨍쨍거리고 서로 곁눈 보고 비켜서고 오르고 나리고 사라지고 나타나는 것이 모다 영화와 같이 유창하기는 하나 영화처럼 곱지 않다. 나는 아조 열(熱)해졌다.

검은 커-텐으로 싼 어둠속에서 창백한 감상이 아즉도 떨고 있겠으나 나는 먼저 나온 것을 후회치 않어도 다행하다고 하였다. 그러나 다시 한 떼를 지어 브로마이드 말려들어가듯 흡수되는 이들이 자꼬 뒤를 잇는다.

나는 휘황이 밝은 불빛과 고요한 한구석이 그립은 것이다. 향그러운 홍다(紅茶) 한 잔으로 입을 추기어야 하겠고 나의 무게를 좀 덜랴만 하겠고 여러 가지 점으로 젖어 있는 나의 오늘 하루를 좀 가시우고 골러야 견디겠기에. 그러나 하로의 삶으로서 그만치 구기어지는 것도 어찌할 수 없는 일이다.

별로 여색(女色)이나 무슨 주초(酒草) 같은 것에 가까이 해서야만 그런 것이 아니라 하루를 지나고 저문 후에는 아모리 다리고 편다 할지라도 아조 판판해질 수는 없는 것이다. 더욱이 절후(節候)가 이렇게 고루지 못하고 신열(身熱)이 좀 있고 보면 더욱 그러한 것이다. 사람의 양식(良識)으로 볼지라도 아모리 청명하게 닦을지라도 다소 안개가 끼고 끄을고 하는 것을 면키 어려운 것이 아닌가.

그러므로 빗방울이라든지 동백꽃이라든지 눈물이라든지 의리, 인정, 그러한 것들이 모다 아름다운 것이기도 하고, 해로울 것도 없고, 기뻐함즉도 한 것이나 그것이 굴러가는 계절의 마찰을 따러 하루 삶이 주름이 잡히고 피로가 쌓인다. 설령 안개같이 가벼운 것임에 지나지 않을지라도.

이제로 집에 돌아가서 더운 김으로 얼골을 흠빽 축이고 훌훌 마실 수 있는 더운 약을 마시리라. 집사람보고 부탁하기를 꿈도 없는 잠을 들겠으니 잠드는 동안에 땀을 거두어달라고 하겠다.

# 아스팔트

거르랑이면 아스팔트를 밟기도 한다. 서울거리에서 흙을 밟을 맛이 무엇이랴.

아스팔트는 고무 밑창보담 징 한 개 박지 않은 우피 그대로 사푓사푓 밟어야 쫀득쫀득 받히우는 맛을 알게 된다. 발은 차라리 다이야처럼 굴러간다. 발이 한사코 돌아다니자기에 나는 자꼬 끌리운다. 발이 있어서 나는 고독치 않다.

가로수 이팔마다 발발(潑潑)하기 물고기 같고 유월 초승 하늘 아래 밋밋한 고층 건축들은 삼나무 냄새를 풍긴다. 나의 파나마는 새파랗듯 젊을 수밖에. 가견(家犬) 양산(洋傘) 단장(短杖) 그러한 것은 한아(閑雅)한 교양(教養)이 있어야 하기에 연애는 시간을 심히 낭비하기 때문에 나는 그러한 것들을 길들일 수 없다. 나는 심히 유창한 푸로레타리아트! 고무뽈처럼 퐁퐁 튀기어지며 간다. 오후 네 시 오피스의 피로가 나로 하여금 궤도일체(軌道一切)를 밟을 수 없게 한다. 장난감 기관차처럼 장난하고 싶고나. 풀포기가 없어도 종달새가 나려오지 않어도 좋은, 폭신하고 판판하고 만만한 나의 유목장 아스팔트! 흑인종은 파인애플을 통째로 쪼기어 새빨간 입술로 쪽쪽 들이킨다. 나는 아스팔트에서 조금 빗겨들어서면 된다.

탁! 탁! 튀는 생맥주가 폭포처럼 싱싱한데 황혼의 서울은 갑자기 팽창(澎漲)한다. 불을 켠다.

# 노인과 꽃

노인이 꽃나무를 심으심은 무슨 보람을 위하심이오니까. 등이 곱으시고 숨이 차신데도 그래도 꽃을 가꾸시는 양을 뵈오니, 손수 공들이신 가지에 붉고 빛나는 꽃이 맺으리라고 생각하오니, 희고 희신 나룻이나 주름살이 도로혀 꽃답도소이다.

나이 이순(耳順)을 넘어 오히려 여색(女色)을 길르는 이도 있거니 실로 누하기 그지없는 일이옵니다. 빛깔에 취할 수 있음은 빛이 어느 빛일런지 청춘에 맡길 것일런지도 모르겠으나 쇠년(衰年)에 오로지 꽃을 사랑하심을 뵈오니 거룩하시게도 정정하시옵니다.

봄비를 맞으시며 심으신 것이 언제 바람과 햇빛이 더워오면 고운 꽃봉오리가 촛불 켜듯 할 것을 보실 것이매 그만치 노래(老來)의 한 계절이 헛되이 지나지 않은 것이옵니다.

노인의 고담(枯淡)한 그늘에 어린 자손이 희희하며 꽃이 피고 나무와 벌이 날며 닝닝거린다는 것은 여년(餘年)과 해골을 장식하기에 이러탓 화려한 일이 없을 듯하옵니다.

해마다 꽃은 한 꽃이로되 사람은 해마다 다르도다. 만일 노인 백세 후에 기거하시던 창호가 닫히고 뜰 앞에 손수 심으신 꽃이 난만(爛熳)할 때 우리는 거기서 슬퍼하겠나이다. 그 꽃을 어찌 즐길 수가 있으리까. 꽃과 주검을 실로 슬퍼할 자는 청춘이요 노년의 것이 아닐까 합니다. 분방(奔放)히 끓는 정염이 식고 호화롭고도 홧홧한 부끄럼과 건질 수 없는 괴롬으로 수놓는 청춘의 웃옷을 벗은 뒤에 오는 청수(淸秀)하고 고고하고 유한(幽閑)하고 완강하기 학(鶴)과 같은 노년의 덕으로서 어찌 주검과 꽃을 슬퍼하겠습니까. 그러기에 꽃이 아름다움을 실로 볼 수 있기는 노경(老境)에서일가 합니다.

멀리 멀리 나- 따끝으로서 오기는 초뢰사(初瀨寺)의 백목단(白牧丹) 그 중 일점(一點) 담홍(淡紅)빛을 보기 위하야.

의젓한 시인 포올 클로오델은 모란 한 떨기 만나기 위하야 이렇듯 멀리 왔더라니, 제자 위에 붉은 한 송이 꽃이 심성의 천진(天眞)과 서로 의지하며 즐기기에는 바다를 몇 식 건너 온다느니보담 미옥(美玉)과 같이 탁마된 춘추를 지니어야 할까 합니다.

실상 청춘(青春)은 꽃을 그다지 사랑할 배도 없을 것이며 다만 하늘의 별물 속의 진주 마음 속에 사랑을 표정하기 위하야 꽃을 꺾고 꽂고 선사하고 찢고 하였을 뿐이 아니었습니까. 이도 또한 노년의 지혜와 법열(法悅)을 위하야 청춘이 지나지 아니치 못할 연옥과 시련이기도 하였습니다.

명호(嗚呼) 노년과 꽃이 서로 비추고 밝은 그 어느날 나의 나룻도 눈과 같이 히여지이다 하노니 나머지 청춘에 다이 설레나이다.

# 꾀꼬리와 국화

물오른 봄버들가지를 꺾어 들고 들어가도 문안 사람들은 부러워하는데 나는 서울서 꾀꼬리 소리를 들으며 살게 되었다.

새문밖 감영 앞에서 전차를 나려 한 십 분쯤 걷는 터에 꾀꼬리가 우는 동네가 있다니깐 별로 놀라워하지 않을 뿐 외라 치하하는 이도 적다.

바로 이 동네 인사(人士)들도 매간에 시세가 얼마며 한 평에 얼마 오르고 나린 것이 큰 관심거리지 나의 꾀꼬리 이야기에 어울리는 이가 적다.

이삿짐을 옮겨다 놓고 한밤 자고난 바로 이튿날 햇살 바른 아츰, 자리에서 일기도 전에 기왓골이 옥(玉)인 듯 쨔르르 쨔르르 울리는 신기한 소리에 놀랐다.

꾀꼬리가 바로 앞 나무에서 우는 것이었다.

나는 뛰어나갔다.

적어도 우리 집 사람쯤은 부지깽이를 놓고 나오던지 든 채로 황황히 나오던지 해야 꾀꼬리가 바로 앞 나무에서 운 보람이 설 것이겠는데 세상에 사람들이 이렇다시도 무덜 줄이 있으랴.

저녁때 한가한 틈을 타서 마을 둘레를 거니노라니 꾀꼬리뿐이 아니라 까토리가 풀섶에서 푸드득 날러갔다 했더니 장끼가 산이 쩌르렁하도록 우는 것이다.

산비둘기도 모이를 찾어 마을 어귀까지 나려오고, 시어머니 진지상 나수어다 놓고선 몰래 동산 밤나무 가지에 목을 매여 죽었다는 며느리의 넋이 새가 되었다는 며느리새도 울고 하는 것이었다.

며느리새는 외진 곳에서 숨어서 운다. 밤나무 꽃이 눈 같이 흴 무렵, 아츰 저녁 밥상 받을 때 유심히도 극성스럽게 우는 새다. 실긋하게도 슬픈 우름에 정말 목을 매는 소리로 끝을 맺는다.

며느리새의 내력을 알기는 내가 열세 살 적이었다.

지금도 그 소리를 들으면 열세 살 적 외롬과 슬픔과 무섬탐이 다시 일기에 며느리새가 우는 외진 곳에 가다가 발길을 돌이킨다.

나라 세력으로 자란 솔들이라 고스란히 서 있을 수밖에 없으려니와 바람에 솔소리처럼 아늑하고 서럽고 즐겁고 편한 소리는 없다. 오롯이 패잔한 후에 고요히 오는 위안 그러한 것을 느끼기에 족한 솔소리, 솔소리로만 하더라도 문밖으로 나온 값은

칠 수밖에 없다.

동저고리 바람을 누가 탓할 이도 없으려니와 동저고리 바람에 따르는 홋홋하고 가볍고 자연과 사람에 향하야 아양 떨고 싶기까지 한 야릇한 정서 그러한 것을 나는 비로소 알어내었다.

팔을 걷기도 한다. 그러나 주먹은 잔뜩 쥐고 있어야 할 이유가 하나도 없고, 그 많이도 흉을 잡히는 입을 벌리는 버릇도 동저고리 바람엔 조금 벌려두는 것이 한층 편하고 수월하기도 하다.

무릎을 세우고 안으로 깍지를 끼고 그대로 아모데라도 앉을 수 있다. 그대로 한나절 앉었기로소니 나의 게으른 탓이 될 수 없다. 머리 우에 구름이 절로 피명 지명 하고 골에 약물이 사철 솟아주지 아니하는가.

빼끔채꽃, 엉겅퀴송이, 그러한 것이 모다 내게는 끔찍한 것이다. 그 밑에 앉고 보면 나의 몸동아리, 마음, 얼, 할 것 없이 호탕하게도 꾸미어지는 것이다.

사치스럽게 꾸민 방에 들 맛도 없으려니와, 나이 삼십이 넘어 애인이 없을 사람도 빼끔채 자주꽃 피는 데면 내가 실컷 살겠다.

바람이 자면 노오란 보리밭이 후끈하고 송진이 고혀오르고 빼꾸기가 서로 불렀다.

아츰 이슬을 흩으며 언덕에 오를 때 대수롭지안히 흔한 달기풀꽃이라도 하나 업수히 여길 수 없는 것을 보았다. 이렇게 적고 푸르고 이쁜 꽃이었던가 새삼스럽게 놀라웠다.

요렇게 푸를 수가 있는 것일까.

손끝으로 익깨어 보면 아깝게도 곱게 푸른물이 들지 않던가. 밤에는 반딧불이 불을 켜고 푸른 꽃잎에 오므라붙는 것이었다.

한 번은 닭이풀꽃을 모아 잉크를 만들어가지고 친구들한테 편지를 염서(艶書)같이 써 붙이었다. 무엇보다도 꾀꼬리가 바로 앞 나무에서 운다는 말을 알리었더니 안악(安岳) 친구는 굉장한 치하 편지를 보냈고 장성(長城) 벗은 겸사겸사 멀리도 집아리를 올라왔었던 것이다.

그날사 말고 새침하고 꾀꼬리가 울지 않었다. 맥주 거품도 꾀꼬리 울음을 기다리는 듯 교요히 이는데 장성 벗은 웃기만 하였다.

붓대를 희롱하는 사람은 가끔 이러한 섭섭한 노릇을 당한다.

멀리 연기와 진애를 걸러오는 사이렌 소리가 싫지 않게 곱게 와 사라지는 것이었다.

꾀꼬리는 우는 제철이 있다.

이제 계절이 아조 바뀌고 보니 꾀꼬리는 커니와 며느리새도 울지 않고 산비둘기만 극성스러워진다.

꽃도 잎도 이울고 지고 산국화도 마지막 스러지니 솔소리가 억세여 간다.

꾀꼬리가 우는 철이 다시 오고 보면 장성 벗을 다시 부르겠거니와 아조 이우러진 이 계절을 무엇으로 기울 것인가.

동저고리 바람에 마고자를 포기어 입고 은(銀)단초를 달리라.

꽃도 조선(朝鮮) 황국(黃菊)은 그것이 꽃 중에는 새 틈에 꾀꼬리와 같은 것이다. 내가 이제로 황국을 보고 취하리로다.

# 비둘기

하로가리쯤 되는 텃밭 이랑에 손이 곱게 돌아가 있다.

갈고 흙덩이 고르고 잔돌 줏고 한 것이나 풀포기 한 잎 거친 것 없는 것이나 갓골을 거든히 돌라친 것이나 이랑에 흙이 다 복다복 북돋으인 것이라든지가 바지런하고 일솜씨 미끈한 사람의 할 일이로구나 하였다. 논밭일은 못하였을망정 잘하고 못한 것이야 모를 게 있으랴.

갈보리를 벌써 뿌리었다기는 일고 김장 무배추로는 엄청 늦고 가랑파씨를 뿌린 상 싶다.

참새 떼가 까맣게 날러와 안기에 황겁히 활개를 치며 '우여어!' 소리를 질렀더니 그만 휘잉! 휘잉! 소리를 내며 쫓기어간다.

그도 그럴 적뿐이요 새도 눈치코치를 보고 오는 셈인지 어느 겨를에 또 날러와 짓바수는 것이다.

밭 임자의 품팔이꾼이 아닌 이상에야 한두 번이지 한나절 위한하고 새를 보아줄 수도 없는 일이다.

이번에는 난데없는 비둘기 떼가 한 오십 마리 날러오더니 이것은 네브카드네살의 군대들이나 되는구나.

이렇게 한바탕 치르고 나도 남을 것이 있는 것인가 하도 딱하기에 밭 임자인 듯한 이를 멀리 불러 물어보았다.

"씨갑씨 뿌려둔 것은 비둘기 밥 대주라고 한 게요?"

"그 어떻겁니까. 악을 쓰고 좇아도 하는 수 없으니."

"이 근처엔 비둘기가 그리 많소?"

"원한경 원목사 집 비둘긴데 하도 파먹기에 한번은 가서 사설을 했더니 자기네도 할 수 없다는 겁니다. 몇 마리 사랑탐으로 길른 것이 남의 집 비둘기까지 달고 들어와 북새를 노니 거두어먹이지도 않는 바에야 우정 좇아낼 수도 없다는 겁니다."

"비둘기도 양옥집 그늘이 좋은 게지요."

"총으로 쏘던지 잡어 죽이던지 맘대로 하라곤 하나 할 수 있는 일입니까. 내버려두지요."

농사끝이란 희한한 것이 아닌가. 새한테 먹이고, 벌레도 한몫 태우고 풍재 수재 한재를 겪고 도지되고 짐수 치르고 비둘기한테 짓바시우고* 그래도 남는다는 것은 그래도 농사 끝밖에 없다는 것인가.

밭 임자는 남의 일 이야기하듯 하고 간 후에 열두어 살 전후쯤 된, 남매간인 듯한 아이들 둘이 깨어진 남비쪽 생철쪽을 들고 나와 밭머리에 진을 치는 것이다.

이건 곡하는 것인지 노래 부르는 것인지 야릇하게도 서러운 푸념이나 애원이 아닌가.

날김생에게도 애원은 통한다.

유유히 날러가는 것이로구나.

날김생도 워낙 억세고 보면 사람도 쇠를 치며 우는 수밖에 없으렸다.

농가 아이들을 괴임성스럽게 볼 수가 없다.

첫째 그들은 사나이니까 머리를 깎었고 계집아이니까 머리가 있을 뿐이요 몸에 걸친 것이 그저 구별과 이름이 부를 수는 있다. 그들의 치레와 치장이란 이에 그치고 만다.

허수아비는 이보다 더 허름한 옷을 입었다. 그래서 날김생들에게 영(令)이 서지 않는다.

그들은 철없어 복스런 우슴을 웃을 줄 모르고 우슴이 절로 어여빠지는 옴식 옴식 패이고 펴고 하는 볼이 없다.

그들은 씩씩한 물기와 이글거리는 핏빛이 없고 흙빛과 함께 검고 푸르다.

팔과 다리는 파리하고 으실 뿐이다.

그들은 영양(榮養)이 없이도 앓지 않는다.

눈도 아모 날래고 사나온 열기가 없다. 슬프지도 아니한 눈이다.

좀처럼 울지도 아니한다- 노래와 춤은 커니와.

그들은 이 가난하고 꾀죄죄한 자연에 나면서부터 견디고 관습이 익어왔다.

주리고 헐벗고 고독함에서 사람이란 인내와 단련이 필요한 것이 되겠으나 그들은 새삼스럽게 노력을 들이지 아니하여도 된다.

그들은 괴롭지도 아니하다.

그들은 세상에도 슬프게 생긴 무덤과 이웃하야 산다.

그들은 흙과 돌로 얽고 다시 흙으로 칠한 방안에서 흙냄새가 맡어지지 아니한다.

그들은 어버이와 수척한 가축과 서로서로 숨소리와 잠꼬대를 하며 잔다.

그들의 어머니는 명절날이면 횟배가 아프다.

그들의 아버지는 명절날에 취하고 운다.

남부 이태리보담 푸르고 곱다는 하늘도 어쩐지 영원히 딴 데로만 향하야 한눈파는 듯하야 구름도 꽃도 아모 장식이 될 수 없다.

* 짓바시우고 : 사람이 물건을 함부로 마구 두드려 잘게 깨뜨리다.

# 육체

몽-끼라면 아시겠습니까. 몽-끼, 이름조차 멋대가리 없는 이 연장은 집터 다지는데 쓰는 몇 천 근이나 될지 엄청나게 크고 무거운 저울추 모양으로 된 그 쇳덩이를 몽-끼라고 이릅데다. 표준어에서 무엇이라고 제정하였는지 마침 몰라도 일터에서 일꾼들이 몽-끼라고 하니깐 그런 줄로 알밖에 없습니다.

몽치란 말이 잘못 되어 몽-끼가 되었는지 혹은 원래 몽-끼가 옳은데 몽치로 그릇된 것인지 어원에 밝지 못한 소치로 재삼 그것을 가리랴고는 아니하나 쇠몽치 중에 하도 육중한 놈이 되어서 생김새 등치를 보아 몽치보담은 몽-끼로 대접하는 것이 좋다고 나도 보았습니다.

크낙한 양옥을 세울 터전에 이 몽-끼를 쓰는데 굵고 크기가 전신주만큼이나 되는 장나무를 여러 개 훨석 윗등을 실한 쇠줄로 묶고 아랫등은 벌리어 세워놓고 다시 가운데 철봉을 세워 그 철봉이 몽-끼를 꿰뚫게 되어 몽-끼가 그 철봉에 꽂히인 대로 오르고 나리게 되었으니 몽-끼가 나려질리는 밑바닥이 바로 굵은 나무기둥의 대구리*가 되어 있습니다. 이 나무기둥이 바로 땅속으로 모주리 들어가게 된 것이니 기럭지가 보통 와가집 기둥만큼 되고 그 우로 몽-끼가 벽력같이 떨어질 거리가 다시 그 기둥 키만한 사이가 되어 있으니 결국 몽-끼는 땅바닥에서 이층집 꼭두만치는 올라가야만 되는 것입니다. 그 거리를 몽-끼가 기어오르는 꼴이 볼 만하니 좌우로 한편에 일곱 사람씩 늘어서고 보면 도합 열네 사람에 각기 잡어다릴 굵은 참밧줄이 열네 가닥, 이 열네 가닥이 잡어다리는 힘으로 그 육중한 몽-끼가 기어올라가게 되는 것입니다. 단번에 올라가는 수가 없어서 한 절반에서 삽시 다른 장목으로 고이었다가 일꾼 열네 사람들이 힘찬 호흡을 잠깐 돌리었다가 다시 와락 잡어다리면 꼭두 끝까지 기어올라갔다가 나려질 때는 한숨에 나려박치게 되니 쿵웅 소리와 함께 기둥이 땅속으로 문찍문찍 들어가게 되어 근처 행길까지 들석들석 울리며 꺼져드는 것 같습니다. 그러한 노릇을 기둥이 모두 땅속으로 들어가기까지 줄곳 하야만 하므로 장정 열네 사람이 힘이 여간 키이는 것이 아닙니다. 그리하야 한 사람은 초성 좋고 장고 잘 치고 신명과 넉살좋은 사람으로 옆에서 지경 닦는 소리를 멕이게 됩니다. 하나가 멕이면 열네 사람이 받고 하는 맛으로 일터가 흥성스러워지며 일이 쉘

하게 부쩍부쩍 늘어갑니다. 그렇기에 멕이는 사람은 점점 흥이 나고 신이 솟아서 노래 사연이 별별 신기한 것이 연달어 나오게 됩니다. 애초에 누가 이런 민요를 지어냈는지 구절이 용하기는 용하나 좀 듣기에 면고한 데가 있습니다. 대개 큰애기, 총각, 과부에 관계된 것, 혹은 신작로, 하이칼라, 상투, 머리꼬리, 가락지 등에 관련된 것을 노래로 부르게 됩니다. 그리고 에헬렐레상사도로 '리프레인'이 계속됩니다. 구경꾼도 여자는 잠깐이라도 머뭇거릴 수가 없게 되니 아무리 노동꾼이기로 또 노래를 불러야 일이 쉴하고 불고 하기로 듣기에 얼골이 부끄러 와락와락 하도록 그런 소리를 할 것이야 무엇 있습니까. 그 소리로 무슨 그렇게 신이 나서 할 것이 있는지 야비한 얼골짓에 허리아랫등과 어깨를 으씩으씩 하여 가며 하도 꼴이 그다지 애교로 시주기에는 너무도 나의 신경이 가늘고 약한가 봅니다. 그러나 육체 노동자로서의 독특한 비판과 풍자가 있기는 하니 그것을 그대로 듣기에 좀 찔리기도 하고 무엇인지 생각케도 합니다. 이것도 육체로 산다기보다 다분히 신경으로 사는 까닭인가 봅니다. 그런데 몽-끼가 이 자리에서 기둥을 다 박고 저 자리로 옮기랴면 불가불 일꾼의 어깨를 빌리게 됩니다. 실한 장정들이 어깨에 목도로 옮기는데 사람의 쇄골(鎖骨)이란 이렇게 빳잘긴 것입니까. 다리가 휘창거리어 쓰러질까 싶게 갠신갠신히 옮기게 되는데 쇄골이 부러지지 않고 백이는 것이 희한한 일이 아닙니까. 이번에는 그런 입에 올리지 못할 소리는커녕 영치기 영치기 소리가 지기영 지기영 지기영 지기지기영으로 변하고 불과 몇 걸음 못 옮기어서 흑흑하며 땀이 물 솟듯 합데다. 짓궂인 몽-끼는 그 꼴에 매달려 가는 맛이 호숩은지 둥치가 그만해가지고 어쩌면 하루 품팔이로 살어 가는 삯군 어깨에 늘어져 근드렁근드렁거리는 것입니까. 숫제 침통한 우슴을 견딜 수 없었습니다. 그 사람네는 이마에 땀을 내어 밥을 먹는다기보담은 시뻘건 살뎅이를 몇 점씩 뚝뚝 잡아 떼어내고 그리고 그 자리를 밥으로 때우어야만 사는가 싶도록 격렬한 노동에 견디는 것이니 설령 외설하고 음풍에 가까운 노래를 부를지라도 그것을 입시울에 그치고말 것이요 몸동아리까지에 옮겨갈 여유도 없을까 합니다.

* 대구리 : '대가리'의 방언

# 백록담

초판 1쇄 펴낸 날 2016년 5월 16일

지은이 정지용
펴낸이 장영재

펴낸곳 (주)미르북컴퍼니
자회사 더스토리
전 화 02)3141-4421
팩 스 02)3141-4428
등 록 2012년 3월 16일(제313-2012-81호)
주 소 서울시 마포구 성미산로32길 12, 2층 (우 03983)
E-mail sanhonjinju@naver.com
카 페 cafe.naver.com/mirbookcompany

(주)미르북컴퍼니는 독자 여러분의 의견에
항상 귀 기울이고 있습니다.

파본은 책을 구입하신 서점에서 교환해 드립니다.
책값은 뒤표지에 있습니다.